RAD

레이드
: 신의 탄생 6

초판 1쇄 인쇄일 2016년 3월 25일 ｜ **초판 1쇄 발행일** 2016년 3월 29일

지은이 박민규 ｜ **펴낸이** 곽중열 ｜ **담당편집 팀장** 이범수
편집부 신연제 이윤아 김은경 홍현주

펴낸곳 (주)조은세상 ｜ 출판등록 제 2002-23호
주소 경기도 연천군 미산면 청정로 1355
TEL 편집부 02)587-2966 ｜ FAX 02)587-2922
e-mail bukdu@comics21c.co.kr

NEO MODERN FANTASY STORY

레이드

신의 탄생

박민규 현대판타지 장편소설

6

북두
(주)좋은세상

레인

신의 탄생

1. 선물 … 7

2. 괴수의 왕 … 43

3. 혼돈의 시작 … 101

4. 제약회사 … 147

5. 공포 … 203

6. 콘티누 … 251

1. 선물

NEO MODERN FANTASY STORY

RAID

신의 탄생

1. 선물

레이드

NEO MODERN FANTASY STORY

오십 여 명 정도 되는 이들 중 지원계 각성자 중에서 가장 뛰어난 사내. 칼럼은 천천히 눈을 감았다.

지원계 각성자들 중에서는 몇몇 탐지 능력을 익힌 이들이 있었다. 이 탐지 능력은 보통 괴수들이 쳐놓은 트렉을 찾아내거나 혹은 놈들이 근접해 있는지 확인할 수 있었다.

그의 지원계 각성자로써의 급은 A급이었다. 그래도 길드에서 회복 좀 한다 하는 능력자였다.

그의 탐지 능력은 반경 10km전방의 괴수들을 느끼거나 혹은 사람의 차크라를 간파해낼 수 있었다.

그렇지만 아무 것도 느껴지지 않았다.

"칼럼."

리처드는 천천히 눈을 뜨는 칼럼을 보면서 답을 요구했다.

그는 고개를 저었다.

"없습니다."

리처드의 얼굴이 와락 일그러졌다. 그때에 칼럼처럼 눈을 감고 있던 동양인. 민혁이 입을 열었다.

"이쪽입니다."

"예?"

리처드는 미간을 찌푸렸다. 그뿐만이 아니었다. 그의 말을 들은 커넥터 길드의 길드원들 모두가 어처구니 없다는 표정을 짓고 있었다.

칼럼은 A급의 각성자다. 더군다나, 지원계였기 때문에 탐지 능력을 익히고 있었다. 반대로 민혁은 자신을 소개할 때, '공격계' 라고 했다.

더군다나 그는 스물 다섯 살의 청년이었다. 이제 막 B-급에 올랐으면 참 대단하다라는 이야기를 들을 법한 나이다.

공격계에 급도 낮아 보이는 그가 한 쪽을 가리키자 모두가 황당한 것.

"이쪽이 분명합니다. 차크라가 느껴져요."

"하…."

칼럼은 헛바람을 뱉을 수 밖에 없었다. 자연스럽게 양

팔짱을 끼고는 그를 아니꼽게 위아래로 흝어봤다.

"제 탐지능력이 틀렸다는 겁니까?"

탐지능력은 간혹 빗나간다. 완벽하지 못한 능력이다. 성공 확률은 각성자의 급이 높을수록 높아지는 편이기도 하며 찾으려는 상대방과 가까울수록 더욱더 성공 확률이 높아진다.

"탐지능력이 틀렸다기보다는 탐지 능력이 잡아낼 수 없는 곳에 있는 것 같군요."

민혁은 눈을 가늘게 떴다. 탐지능력이 잡아낼 수 없는 곳? 리처드는 의아한 표정을 지으면서 그를 보았다.

계속 말해보라는 신호였다.

"스콜피온 킹의 몸 주위로 짙은 독이 뿜어지지 않습니까? 아마도 그 독이 탐지능력을 방해하는 것 같습니다. 전방 8km안에 놈들이 있습니다. 그리고 멀지 않은 곳에 일곱 명의 차크라가 느껴집니다."

칼럼은 리처드를 돌아봤다. 그는 조금 흔들리는 표정이었다.

"대장님, 저 말도 안 되는 소리를 믿으십니까? 저조차도 탐지하지 못했습니다. 독이 탐지능력을 방해한다니요. 또 그는 분명히 일곱 명의 차크라가 느껴진다고 했습니다. 뭉쳐있는 이들의 차크라를 정확히 잰다고요? 이런 것이 가능한 공격계는 딱 하나입니다."

칼럼은 조금은 성난 목소리로 말했다.

"13인의 퍼스트 클래스 급만큼의 힘을 가진 자들. 그들 정도면 제 탐지능력보다 우수한 탐지가 가능할 겁니다."

그 말은 들은 리처드는 민혁을 돌아보았다.

그에게서 사실 미심쩍은 부분이 있다는 것은 분명히 느끼고 있었는데, 더욱더 그에 대해서 궁금해졌다.

민혁은 작게 중얼거렸다.

"서둘러야 할 것 같군요. 놈들의 숫자는 얼핏 백 이십 여마리 정도 되는 것 같습니다. 스콜피온 킹뿐만 아니라 일반 스콜피온의 숫자도 꽤 됩니다. 놈들은 지금 길드원분들과 근접해지고 있습니다. 둥그렇게 원을 형성하고 포위하듯이요."

"미친…!"

칼럼은 더 이상 저 이야기를 듣기 힘들었다. 리처드는 쉽사리 결단을 내리지 못했다.

지금 자신의 선택에 따라서 길드원들이 죽을 지도 살 지도 몰랐다.

차라리 수색대를 형성해서 주위를 고루 수색한다? 하지만 위험요소가 너무 커진다. 그렇게 되면 소수의 인원들인 그들은 분명히 죽을 것이다.

"무엇을 우려하는지는 압니다만, 저는 혼자 아프리카에 살아 있었습니다."

민혁은 리처드의 갈등에 불을 지폈다. 그랬다. 스물 다섯 살. 동료를 모두 잃었다고 말하였던 그는 분명하게 혼자서 살아남아 자신들과 만났다.

그리고 그에게서는 생채기 하나 찾아볼 수가 없었다. 그렇지만 자신들을 통해서 뭔가 취할 이득 자체가 없었기에 위험하다라고 판단하지 않은 것.

"이런… 이미 늦었습니다."

민혁은 미간을 찌푸렸다. 이곳에서 구출조가 그들에게 접근하기 전에 그들은 죽을 것이 분명해 보였다.

그는 한숨을 쉬었다.

"제가 혼자 다녀오도록 하겠습니다."

"그게 무슨 소리입니까, 민후?"

리처드는 이 사람이 혹시 돌았나 싶었다. 갈등이 완전 해소되었다. 혼자 그 리자드맨과 스콜피온, 스콜피온 킹이 있는 곳으로 갔다 오겠다니?

돌지 않고서야 이런 발언을 할 수 없지 않겠는가.

"역시 미친놈이 분명합니다."

칼럼은 그럴 줄 알았다는 듯이 콧방귀를 끼었다.

"30분 내로 돌아오겠습니다."

그 말이 끝나는 순간이었다. 민혁이 그들의 눈앞에서 사라지고 없었다.

리처드와 칼럼이 눈을 비볐다. 그 뒤에 있던 각성자들도 마찬가지였다.

"지, 지금 이 앞에 있던 동양인이 움직이는 걸 본 사람?"

칼럼이 뒤를 돌아보며 물었다. 아무도 대답하지 못했다. 리처드는 입술을 질끈 깨물었다.

이 정도 움직임을 보일 수 있는 자가 있다니, 저 정도 나이에 대한민국이라는 땅에서 저 스피드를 낼 수 있는 자는 몇 없었다.

그중 먼저 리스트에 떠오른 이가 있었다. 가장 유력한 사내는 바로 휘페리온의 오중태라는 사내였다.

그 사내는 어린 나이에 시크릿 에이전트의 노블레스 마하엘과 견줄 정도의 무력과 스피드를 가졌다고 들었던 것 같다.

그가 지금 가진 코드네임은 '광풍의 용기사'였다.

"광풍의 용기사…?"

하지만 그는 잘못 짚고 있었다.

민혁이 가진 코드네임은 '코리안 나이트. 강민혁'이었으니까.

❖ ❖ ❖

아키라는 2중대 3소대를 이끄는 소대장이었다. 서른 두 살이라는 나이의 그는 아프리카에서 수많은 고난과 역경을 이겨낸 적이 있었다.

그렇지만 그는 지금 두려움에 떠는 길드원들을 보면서 끝이 다가왔음을 알 수 있었다.

[촤라아아악!]

[취이이익!]

곳곳에서 괴수들의 울음소리가 귓가에 퍼지고 있었다. 앞, 좌, 우, 뒤. 어디를 가려고 해도 도망칠 수 있는 길은 없는 것 같았다.

분명하다, 놈들은 계획적으로 자신들을 몰아넣고 거리를 좁혀오고 있었다.

"쿨럭…!"

배에 큰 중상을 입은 대한민국의 여인이 있었다. 이희진이라는 여성이었다. 희진은 올해 스물 여 덟의 공격계 각성자였다.

등급은 B-급이었다. 그녀는 예쁘다라는 표현보다는 귀엽다라는 말이 어울리는 여인이었다.

거친 공격계의 이미지와는 어울리지 않은 여인. 그리고 지금 입에서 피를 뿌려대는 모습도, 귀여운 이미지와는 많이 상반되었다.

"멍청이들… 버리고 가라니까…"

그녀는 입에서 피만 흘리는 것이 아니었다. 눈물도 흘리고 있었다. 총 여덟 명이 살아서 도망쳤다. 그중 두 명이 크나큰 중상을 입었었는데, 둘 모두 여자였다.

한 명은 인도인이었다. 그녀는 이곳과 머지 않은 곳에서 결국 숨을 거두고 말았다.

그 두 사람은 이들의 도망치는 길에 큰 걸림돌이 된 것이 사실이다. 때문에 버리고 도망가라고 수십 번을 소리쳤다.

허나, 그들은 말을 듣지 않았다.

아키라는 이죽이며 그녀를 돌아봤다.

"희진."

아키라는 쓸쓸하게 웃고 있었다.

"내가 널 좋아했다는 걸 아나?"

"……."

그 말에 희진은 아무런 말도 하지 못했다. 아키라는 천천히 다가와 그녀의 복부의 환부에 손을 가져다 대고는 꾹 눌렀다.

"미안해."

살리고 싶었고, 지키고 싶었지만 그러지를 못했다. 아키라는 하늘을 올려다보았다. 이곳 아프리카에서 많은 이들을 구제했다.

자신들 여덟 명은, 여덟 개의 목숨으로 팔십 명 이상에게 도움을 주었다라고 장담할 수 있었다.

그 정도했다면 되지 않았을까.

"모두 고마웠다."

커넥터는 언급했듯 이익을 추구하는 길드가 아니다.

순전히 세계인을 돕기 위해 모인 길드가 바로 커넥터다.

자신들의 이름은 영광스럽게 세계인들에게 알려질 것이다. 그리고 집에 있는 가족들은 슬퍼하겠지만 자신들의 죽음을 자랑스러워하겠지.

아키라가 허리춤에 걸린 자신의 검을 굳게 집어 들었다. 다른 이들도 무기를 들고는 최후의 전투 준비를 하고 있었다.

그때에 그들의 귓가를 간파하는 소리가 있었다.

그것은 괴수들의 비명소리였다.

[촤라아아악!]

[쿠에에에엑!]

[취리릭!]

괴수들의 비명소리가 난무했다. 그들의 얼굴이 활짝 펴졌다. 구출조가 도착한 것 같았다. 그들의 얼굴로 살 수 있다는 희망의 빛이 생겼다.

"하여튼, 마이클 대장님도 무모하다니까."

마이클 공격대장은 생긴 거친 모습과는 다르게 길드원들을 매우 아낀다. 또한 사람들을 구제하자는 명목으로 모인 길드원들은 무모한 자들이 참으로 많았다.

자신들을 구출하려다 역으로 죽을 수도 있는 판국이다. 하지만 구출하러 온 만큼 그만큼의 계획과 함정을 파냈겠지 싶었다.

괴수들의 비명소리가 계속 가까워지고 있었다. 바깥에서부터 차근차근 뚫고 오고 있다고 그들은 생각했다.

그때에 거대한 울음 소리가 퍼졌다.

[쿠워어어어어어!]

아키라와 일행의 몸이 움찔했다. 어떤 녀석의 포효소리인지 그는 짐작할 수 있었다.

스콜피온 킹이었다. 스콜피온 킹은 5m는 되는 크기에 상체는 인간의 형체였으며 하체는 전갈의 형태였다.

그의 꼬리는 뾰족했으며 하체에서 쉴 새 없이 강한 맹독이 뿜어진다. 맹독을 마시는 순간 곧 바로 몸이 마취가 된 듯 움직이지 못하고 10초 정도 지나면 화생방 공격을 당한 듯이 온 몸이 녹아내린다.

독은 놈의 주위의 반경 50m까지 퍼지며 독을 이겨내는 방법은 해독사탕을 가지고 있거나 혹은 스콜피온 킹 이상의 급을 가진 각성자여야만 했다. 이상의 급을 가진 각성자라면 몸에 차크라를 둘러서 막아내면 되었다.

하지만 막아낸다고 해도 장시간 독과 접촉하면, 어찌 될지는 장담할 수 없었다.

"제발…."

아키라는 간절히 염원했다. 스콜피온 킹을 마이클과 길드원들이 잡아내기를 바라는 것이었다.

마이클이라면 충분히 해낼 수 있을 것이다, 하지만 많은 피해가 예상되었다.

매우 끔찍한 소리가 들릴 것이라고 여겼다. 인간의 비명과 괴수의 비명.

하지만 들리는 소리는 너무나 짧고 간결했다.

촤아아앗!

[쿠아아아악!]

스콜피온 킹의 비명, 그리고 땅에 고꾸라지는 거대한 쿠우웅 소리. 아키라의 눈이 크게 떠졌다.

그리고 이내, 그는 알 수 있었다. 주위로 괴수의 피비린내가 짙게 퍼지기 시작했으며 괴수들의 비명이 난무하고 있었다.

그 비명의 틈에는 그 어디에도 인간의 비명은 일체 찾아볼 수가 없었다.

그리고 곧 잠잠해졌다고 아키라는 느꼈다. 그의 눈 앞으로 터벅터벅 한 사내가 걸어오고 있었다.

그는 동양인이었다. 스물 다섯 살 정도. 아주 젊어보였다. 그는 괴수의 피를 흠뻑 뒤집어 쓰고 있었다.

손에 묻은 피를 털어낸 그를 아키라는 경계 할 수밖에 없었다.

"누, 누구냐!"

귀신인지 사람인지 묻는 것과 같았다. 그 질문에 동양인은 입을 열었다.

"커넥터 길드에서 왔습니다."

정확하게는 커넥터 길드에 합류한 것이지만, 자신들의 길드의 이름이 나오자 그들의 눈이 휘둥그레 커졌다.

"커넥터 길드에는 자네 같은 자가 없는 걸로 아는데?"

아키라는 여전히 경계를 지우지 않고 검을 곧이 세우면서 서늘하게 노려봤다. 사내가 걸어왔다.

주위로 다른 기척은 전혀 없었다. 그렇다는 것은 백 여 마리가 넘는 괴수들과 스콜피온 킹을 죽이고 사내는 혼자 이곳에 당도했다는 것이 된다.

"그것보다는 더 중요한 일이 있는 것 같군요."

민혁의 미간이 찌푸려졌다. 그의 시선은 희진에게 향해 있었다. 그는 품속에서 무언가를 꺼내며 그녀에게로 다가섰다.

아키라가 그녀의 앞을 막았다.

"머, 멈…."

민혁이 품에서 무엇을 꺼낼지 몰라 긴장했던 것이다. 지금도 그가 사람인지, 귀신인지 일행은 분간이 어려웠다.

민혁이 품에서 꺼낸 것은 고가에 거래되는 괴수 부산물이었는데, 치료에 쓰이는 것이었다.

"당장 숨이 끊어지기 직전 아닙니까? 서둘러서 살려야 합니다."

"하, 한국인…."

보통 라이센스를 통해서 번역되어 나오는 언어는 딱딱한

기계음과 흡사했다. 그렇지만 희진은 또박또박 들리는 그 소리가 한국인의 억양이라는 걸 알 수 있었다.

아키라는 희진의 죽음을 원치 않았다. 서둘러서 그가 건넨 것을 받고는 빻아서 그녀의 환부에 발라줬다.

피가 멈췄다. 그리고 이 괴수의 부산물은 자체적으로 혈액형에 맞는 피를 형성해낸다. 신비한 물건이었고 그만큼 비싼 놈이다.

"리처드. 그와 함께 구출조가 형성되었고 상황이 너무 위급해서 제가 먼저 왔습니다."

리처드의 이름이 나오자 아키라는 그제야 안심할 수 있었다. 하지만 여전히 믿기지 않았다.

이 어린 나이의 동양인이 말도 안 되는 무위로 모든 괴수를 죽였으니까.

❖ ✜ ❖

리처드와 구출조의 팀원들은 눈을 꿈뻑일 수밖에 없었다. 동양인 사내가 자신의 길드원들과 함께 돌아왔다.

그리고 아키라는 흥분된 목소리로 그가 모두를 죽였다고 말했다. 일단 아키라를 제외한 모두를 베이스 캠프로 돌려보내었다. 그리고 아키라의 안내를 받아서 이곳에 왔다.

그리고 똑똑히 볼 수 있었다. 바닥에 널부러져 있는 괴수들의 시체를. 더군다나, 괴수의 시체는 대부분 목이 꺾여 있거나 어디 하나 망가지지 않고 죽은 녀석들이 대부분이었다.

"일부러 시체는 최대한 훼손시키지 않았습니다. 훼손시키지 않은 시체가 더 비싸게 팔리는 법이니까요."

강민혁의 배려였다. 이들은 괴수의 시체를 팔아서 세계인들을 위해서 사용하니까. 더 놀라운 사실은 스콜피온 킹조차도 큰 상처 없이 목이 비틀려 죽어 있다는 것이었다.

"당신 휘페리온의 일원입니까?"

리처드의 질문에 민혁은 쓰게 웃었다. 리처드는 아프리카에 온 지 일 년이 넘었다. 휘페리온의 이야기는 얼핏 듣기만 했지, 외부로 나가지 않았기에 그들의 얼굴은 모르는 것이었다.

"아닙니다."

"그럼 정체가 뭡니까?"

"글쎄요. 그냥 이 아프리카의 난민을 구조하고 싶은 사람이라고 할까요."

민혁은 턱을 긁적였다. '내가 강민혁이요.' 하고 싶은 마음은 딱히 없었다.

여전히 리처드는 그저 믿을 수 없다는 표정을 짓고 있을 뿐이었다.

트럭에 실어져서 오는 괴수의 시체들을 보면서 마이클도 적지 않게 놀랐다. 일행은 하나 같이 동양인 혼자서 행했다고 한다.

　　마을 하나를 구출하고 온 마이클은 턱을 어루만졌다.

　　천막 안에서 자신과 마주 앉은 동양인 사내에게 질문을 던졌다.

　　"혹시 당신이 콜렌을 죽인 그 사내입니까?"

　　아프리카에 소문 하나가 돌고 있었다. SS급을 왔다갔다하는 괴수인 콜렌을 죽인 동양인 사내가 있다고.

　　물론 콜렌을 죽인 이를 본 사람은 아무도 없었지만, 덩그러니 놈의 시체가 발견되었다고 한다.

　　이것도 그 마을에 가서 들은 이야기였다.

　　민혁은 딱히 대답할 필요성은 느끼지 못했다.

　　"어째서 우리 팀을 도와준 겁니까."

　　그 질문은 조금 재밌는 것이었다.

　　"그렇다면 왜 커넥터는 이득 없이 사람들을 도와줍니까."

　　"선행이었다는 거군요."

　　그 말의 뜻을 안 마이클은 고개를 끄덕였다.

　　"하지만 제가 이번 일을 도와줌에 따라서 받고 싶은 대가는 있습니다."

민혁의 말에 마이클은 미간을 찌푸렸다. 역시나, 사람의 욕심은 속일 수 없는 것일까?

하지만 그의 입 밖으로 나온 말은 전혀 뜻 밖의 말이었다.

"아프리카는 넓습니다. 그리고 전 사실 팀 따위는 없었습니다. 저 혼자서 이곳에 왔지요. 그리고 금방 조국으로 돌아갈 겁니다."

조국으로 돌아간다. 그리고 그후 다시 세상을 둘러볼 것이다. 아프리카는 세계의 구제가 필요한 곳 중 하나일 뿐이니까.

"돌아가기 전에 웨이브로 인해서 피해를 보고 있는 아프리카를 구제하고 싶습니다."

사실 민혁 정도면 근처에 있는 괴수들을 탐지해서 쫓아가 죽일 수 있었지만 문제는 바로 지금 던전에 가득 차 있는 괴수들이었다.

자신이 지상으로 올라온 놈들을 모두 쳐낸다고 하여도 돌아가고 나면 지금 물량이 차 있는 놈들은 또 다시 웨이브로 던전에서 풀려날 것이다.

"웨이브로 풀려난 괴수들도 그렇고, 던전에 웨이브 직전까지 간 괴수들을 죽여야 합니다. 지상에 있는 놈들은 그렇다 치고, 사실 전 던전의 위치에 대해서는 상세하게 알지 못합니다."

민혁의 본론이 시작되는 지점이었다.

"커넥터 길드에서는 아프리카의 던전들을 어느정도 꿰뚫고 있지 않겠습니까? 그 던전들의 위치를 저에게 주십시오."

"…다시 한 번 당신의 정체에 대해서 질문하고 싶군요."

태연하게 말하는 동양인 사내를 보면서 마이클은 마른 침을 삼킬 수 밖에 없었다.

자신은 SS-급의 각성자였다. 지금 당장도 13인의 퍼스트 클래스와 견주어도 손색이 없는 강자가 바로 자신이었다.

그렇지만 앞의 사내는 자신의 앞에서 흐트러짐 하나 없었다. 오히려 기세만으로 자신을 압도하는 듯한 기분이었다.

"정체가 중요합니까? 아프리카의 사람들을 위한 구제가 중요하지요."

민혁은 교묘히 그 대답을 회피했다. 마이클은 교묘한 질문을 던졌다.

"아프리카의 모든 던전을 파헤치고 가겠다. 돌아가는 시기는 언제쯤 되십니까."

"글쎄요. 일주일?"

"당신, 코리안 나이트군요."

교묘하게 마이클이 파고든다는 것을 민혁은 알고 있었고 굳이 피하지는 않고 답해주었다.

그리고 마이클은 그 정도 일을 행할 수 있는 이는 세계에 딱 한 명 뿐이라고 단정을 지었다.

코리안 나이트 강민혁.

"품 속에는 도플갱어의 액기스가 가득 하실 테고요."

마이클의 말에 민혁은 그저 웃었다. 코리안 나이트가 눈 앞에 있었다. 그리고 아프리카의 난민들을 위해 움직이고 싶다고 한다.

자신이 해야 하는 것은 무엇일까.

간단했다. 코리안 나이트의 몸 값은 절대 값으로 매길 수 없을만큼 높다고 할 수 있었다. 그런 그가 커넥터 길드를 통해서 던전들을 공략하겠다고 한다.

"코리안 나이트가 쩨쩨하게 부산물 내놓으라고 하진 않겠지요?"

그 물음에도 민혁은 웃음으로만 답했다.

자신은 이를 통해서 아프리카 전체의 괴수들을 소탕하는 데 최대한 이용하면 되는 것이었다.

그는 망설이지 않고 다섯 개의 둥글게 말린 지도를 테이블 위에 올려놓고 좌르르륵 펼쳤다.

"도와주신다는데 마다하진 않습니다."

마이클의 눈이 번뜩였다.

"어디부터 시작하시겠습니까."

희진은 천막 안에서 최대한의 안정과 휴식을 취했다. 그리고 어느정도 편안해졌을 때는 밖으로 나왔다.

　　밖으로 나온 그는 분주하게 움직이는 사람들을 볼 수 있었다.

　　"또 토벌하러 가는 거예요?"

　　분주히 움직이는 아키라에게 그녀가 질문했다. 아키라는 쓰게 웃으며 고개를 저었다.

　　"토벌은 아니고."

　　그는 어느 한 곳에 시선을 두었다. 그곳에는 동양인 사내가 담배를 뻐끔이며 피고 있었다.

　　"부산물 회수하러?"

　　"에?"

　　아키라는 어딘가를 턱짓했다. 그의 시선을 따라서 그녀의 고개가 휙 돌아갔다. 그곳에는 산더미처럼 쌓여있는 다양한 괴수의 부산물들이 놓여 있었다.

　　그 숫자를 따지면 가격을 추정하기 힘들 정도로 정말이지 어마어마하게 많은 양이었다.

　　그런데 여기에 그치지 않고 또 다시 회수할 괴수들의 부산물이 있다고?

　　"저 사내 혼자서 던전들을 파헤치고 있어."

"……."

희진은 말을 잃을 정도였다. 아키라는 픽 웃었다.

"정체는 모르겠지만, 대단한 사람이야."

마이클은 사람들에게 강민혁이 코리안 나이트라고 발설하지 않았다. 그가 자신들을 이유없이 도와주는 만큼, 그가 편하게 있다가 가게 하는 것이 해줘야 할 도리라고 생각한 것이다.

"벌써 던전 세 개가 단 네 시간 만에 격파 당했어. 그것도 안의 끝에는 S급 이상의 네임드 괴수가 있는 곳들이었지."

그녀는 믿기지 않는 소리를 들은 것 같은 표정이었다. 하지만 현실이었다.

"아키라, 어서 타!"

"네!"

아키라는 동료의 재촉에 서둘러서 트럭에 올랐다.

"다녀올게. 희진. 금방 돌아올 거야."

아키라의 미소는 부드럽기 그지 없었다. 그는 자신에게 고백을 했었고, 희진은 답을 해주지는 않았지만 그가 보이는 미소에서 예전과는 다른 자신감을 봐버렸다.

그녀의 볼이 붉어졌다.

"다, 다녀와요."

자신을 지키겠다고 말했던 그 모습을 생각하면 볼이

화끈거렸다. 아키라는 분명히 괜찮은 남자였으니까.

트럭 세 대가 출발하고 그녀는 동양인에게 다가갔다.

"고마웠어요."

"아닙니다."

그녀는 그 동양인이 한국 사람이라는 것에 가장 기뻤다. 같은 나라의 사람으로써 그가 행하는 일은 자랑스러워 할 만한 것이었다.

그때에 누군가 다가왔다. 마이클이었다.

"우리 셋이서 함께 맛있는 전투식량이나 한 끼 하는 건 어때?"

그 제안에 민혁은 고개를 끄덕였고, 희진도 마찬가지였다.

❖ ❖ ❖

알렉스는 김미혜가 따라준 차를 음미했다. 향이 아주 좋았다.

"쟈스민 차라고 했던가?"

"네."

민혁이 세계를 돌기 위해서 떠나고 지금 알렉스를 챙겨 주는 사람은 김미혜가 되어 있었다. 그녀는 사자였기에 믿을 수 있었다.

"향이 아주 좋군."

미혜는 아주 예쁘게 과일을 깎고 있었다. 그 모습을 보던 알렉스는 씁쓸하게 웃었다.

"괜찮나?"

그 질문에 미혜는 멈칫했다.

그 질문 하나가 담고 있는 뜻은 너무나도 많았으니까.

"힘들 거야."

알렉스도 본래는 인간이었다. 그리고 사랑하던 사람도 있었다. 자신은 그 사랑하던 사람을 버리고 신이 되었다.

그리고 그녀의 죽음을 지켜보기까지 했다. 또한, 자신을 사랑했던 여인도 많이 힘들어 했었다.

더군다나 민혁은 완전한 신이 된 것이 아니다. 지금은 반 인반신에 가까운 상황이었고, 언제 잘못하면 죽을지도 몰랐다.

그런 바람 앞의 등불과 같은 자를 사랑하는 미혜.

"괜찮아요. 제가 사랑하는 사람 인걸요."

미혜는 설령 어떤 이유가 있다 해도 민혁의 곁에 있고 싶었다. 당장 나중에 힘들어진다 해도.

"미래에 슬퍼진다고 지금 사랑하는데 사랑하지 않다고 하는 것만큼 바보 같은 것은 없지 않을까요?"

"멋진 말이군."

알렉스는 생긋 웃었다. 이 여인이 사자가 된 것을 참으로 다행이라고 그는 생각하고 있었다.

그러던 중 알렉스의 미간이 찌푸려졌다.

그가 벌떡 일어섰다.

그와 함께 테이블 위의 찻 잔이 바닥에 떨어지며 깨졌다.

챙그랑!

"…젠장."

미혜는 깜짝 놀란 표정이었고 그는 먼 허공을 보고 있었다.

"신이 이 땅에 왔다."

어떤 신인지는 모르겠다. 아무리 알렉스가 힘을 잃고 있다고 해도 이곳은 자신이 관장하는 차원이었다.

신 중 누군가 왔다면 알 수 있었다. 헌데, 신들은 다른 이의 차원에서 절반의 힘 밖에 발휘하지 못한다.

그런 것을 감안하여서 넘어왔다?

아니, 그것은 불가능했다. 강민혁은 지금 신들조차도 죽일 수 있을 정도의 무위를 가졌으니까.

그렇다면 추측할 수 있는 신은 딱 한 존재였다.

"파괴신…?"

알렉스의 미간이 찌푸려졌다.

"강민혁을 호출해."

알렉스의 말에 미혜는 무언가 큰 일이 생길 것 같다는 직감을 받았다.

✤ ✤ ✤

세 사람이 함께 천막 안의 테이블 위에서 각자가 먹을 전투 식량을 올려놨다. 전투 식량의 종류는 다양한 편이었으며 세계 각국의 전투식량이 보였다.

그중에는 우리나라에서 먹을 수 있는 전투 식량도 있었다.

"아무래도 저희 커넥터는 세계적으로 활동하는 공익 길드인만큼 세계 각국에서 지원이 들어옵니다. 그중의 하나가 이 맛 좋은 전투 식량이죠."

커넥터의 길드원이라고 해서 수익이 아예 없는 건 아니다. 어느정도 일정의 수익을 받기는 하는 편이고 그 대부분은 세계의 각국의 기부금이나 혹은 투자금에서 나온다.

민혁이 고른 것은 플라스틱 줄을 당기면 발열되는 고급 전투식량이었다. 안에는 흔히 대한민국 군대에서 먹을 수 있는 볶음밥, 볶음김치, 미트볼, 아몬드 케이크 같은 음식이 들어 있었다.

음식이 다 되었다. 손가락이 뜨거울 정도로 놈들은 달궈진 상태였다. 포장을 벗겨내자 잘 익은 밥과 반찬이 있었다.

그들은 식사를 시작했다. 가벼운 담소와 함께.

희진은 민혁에게 많은 것을 물어 보았다. 어느 지역에서 살다가 왔는지, 또 어떤 길드에 속해 있는지 등등.

그때마다 민혁은 교묘한 대답을 해주었다. 희진은 그가

말하기를 조금 피하는 것을 알 수 있었다.

"커피 괜찮으신가요?"

그녀는 무척이나 민혁에게 공손했다. 당연한 것일지도 모른다. 그는 그녀의 생명의 은인이었기 때문이다.

민혁이 고개를 끄덕이자 그녀가 종이컵에 커피 두 잔을 따라서 내왔다.

"자네 꺼는?"

"저는 해야 할 일이 많아서요."

희진은 두 사람이 대화를 나눌 수 있게 비켜주는 것이었다. 눈치가 어느 정도 있는 여인이었다. 그녀가 나서고 마이클이 커피로 한 모금 입을 축였다.

"어떻습니까."

"괜찮은 것 같군요."

마이클의 질문은 희진을 겨냥하고 있었다. 바로 오늘 아침이었다. 민혁과 마이클은 함께 빵으로 식사를 했다.

그러던 중 민혁은 놀라울만한 제안을 하였다.

그것은 바로 무형구슬을 커넥터 길드원들에게 일부 보급해주겠다는 말이었다.

물론 무형구슬은 현재 알려지지 않았다. 무형구슬을 얻은 이들은 비밀리에 키워지며 세계에 나가기만을 손 꼽아 기다리고 있었다.

민혁은 마이클이나, 혹은 이 커넥터 길드의 이들에게

진짜 필요한 것이 힘이라는 것을 알았다.

힘이 있어야 더 많은 이들을 구제할 수 있었고, 힘이 있어야 더 넓은 곳을 파고들 수 있을 것이다.

그리고 이 커넥터라는 길드 자체가 마음에 들었으며 앞으로 이 길드의 행보에 기여를 해주고 싶었다.

그 때문에 선택한 것이 무형구슬이었다. 단, 한 가지 약속을 받아냈다. 무형구슬을 얻은 이. 혹은 그와 관련된 마이클은 일체 무형구슬에 언급해서는 안 된다.

물론 무형구슬이라는 능력을 주는 힘이 민혁에게 있다는 것이 공론화 된다면 이야기는 달라지겠지만.

마이클이나 무형구슬을 받게 될 이들은 바보가 아니다. 그들은 정체불명의 동양인이 민혁이라는 이야기를 듣게 될 것이며 그 약속을 어기는 순간 거대한 힘과 부딪쳐야 한다는 것을 알게 될 터.

바보가 아닌 이상 발설하지 않을 것이다.

민혁은 마이클로부터 추천을 받았으며 두 사람의 데이터를 건네 받아 꼼꼼히 검토하였다.

첫 번째 차출자는 함께 식사를 했던 희진이었다.

그리고 두 번째 차출자의 경우는 2중대의 중대장인 리쳐드였다.

희진은 올해 스물 여덟 살이었다. 커넥터 길드에 소속된 지는 2년이라는 시간이 지났으며 기존에는 대한민국에 위치해 있는 블라인드 길드에 소속되어 있었다.

블라인드 길드는 이름이 크게 알려지지 않은 무명길드다. 쉽게 말해 넘치고 차고 흐르는 중소 길드 중 하나라고 볼 수 있다.

주목할 것은 바로 2년이라는 시간동안 아프리카에 있었다는 것과 그녀의 행보였다.

블라인드 길드에 소속되어 있던 때의 그녀는 수많은 자원봉사와 기부 활동을 한 것으로 마이클은 전했다.

그때 겨우 스물 여섯 살 때였다. 선천적으로 타고나 사람들을 도우려는 심성을 가졌다?

아니, 그것보다는 어쩌면 가정형편이 더 영향을 끼쳤을지도 모른다. 때마침 마이클이 입을 열었다.

"확인하신 바와 같이 어린 시절을 고아원에서 지낸 친구입니다. 각성자 전문 고등학교 출신은 아니지만 초중고 모두 수석으로 졸업했고 각성자가 되어서도 노력 하나로 지금 훌륭한 인재가 되어 있지요. 무형구슬이 가진 힘이 얼마나 대단한지는 저도 짐작이 안 갈 정도입니다. 하지만 다른 사람들을 위해 희생할 줄 아는 그녀라면 충분히 자격이 있다고 생각합니다."

민혁은 마이클의 확신에 부드럽게 웃었다.

"그리고 리처드는 2중대 중대장이지요. 직접 보셨으리라 생각합니다."

그랬다. 민혁은 직접 보았다. 리처드는 2중대의 중대원들을 잃은 죄책감에 다시 트럭 위에 올랐다. 물론 그 뿐만이 아니라 그 당시 현장에 있던 모든 인원이 트럭에 오른 것이 사실이다.

그것은 두 가지를 보여준다. 리처드는 자신의 사람들을 버릴 사람은 아니라는 것. 두 번째는 그가 가진 리더십이 생각 외로 크다는 것이다.

그는 분명히 다른 중대원들의 마음도 움직였으니까.

그런 리처드가 무형구슬을 얻어 강해진다면 세계적으로 꽤 큰 도움을 주게 될 것이었다.

"저도 그 둘이라면 헛되게 능력을 사용하지 않을 거라고 생각합니다."

민혁도 사람 보는 눈이 있었다. 대한민국에서 이우민을 선출할 때에는 무척 크게 신경을 썼고 신중했다.

커넥터 길드의 이들에게 그러지 않았다고는 할 수 없다. 그는 그 두 사람을 세세하게 지켜보았고 그들의 이력 또한 꼼꼼히 확인한 바가 있었으니까.

그들이라면 무형구슬을 헛되이 쓰지 않을 것이었다. 민혁은 라이센스가 박혀 있는 팔 쪽에 작은 진동이 오는 것을 확인할 수 있었다.

그의 미간이 꿈틀거렸다.

호출이었다. 대한민국에서의.

　　◈　✣　◈

　　알렉스로부터의 호출이었다. 파괴신이 대한민국의 어딘
가에 분명히 있다는 이야기였다. 파괴신은 신들을 통틀어
서도 대적할 자가 없다고 한다.

　　문제는 파괴신이 절대신 위에 선 신에게 하사 받은 능력
은 다른 차원에서도 100%의 힘을 발휘할 수 있다는 것이었
다.

　　더욱 큰 문제는 그는 숨어 있다는 것이다. 언제 핵폭탄처
럼 터질지 모른다.

　　테러리스트 집단이 무서운 이유는 하나다. 그것은 바로
보복이다. 실질적으로 테러리스트 집단이라고 해서 미국과
싸운다고 가정을 하면 미국의 무위에 테러리스트 집단은
갓난 아기에 지나지 않을 지도 모른다.

　　그들과 같이 테러리스트로써 모인 집단은 실질적으로
강하지 않다. 하지만 그들의 보복으로 인해 생기는 피해
다.

　　그들이 폭탄 하나를 터뜨리면 수 백 명의 무고한 시민들
이 죽을 지도 모른다. 그처럼 파괴신이 숨어 있다는 것은
잠재적인 위험요소가 있다는 것이다.

　　그가 대한민국에 있다는 것 말고 확인할 수 있는 것은
없다. 숨 죽여서 그를 기다려야 한다는 것인데, 그가 자칫

뒤틀린 수를 생각하고 힘을 내지른다면 수많은 무고한 생명이 목숨을 잃을 수도 있었다.

'돌아가야겠어.'

이곳에서의 일은 거의 마무리 되어가고 있는 실정이었다. 하루 빨리 돌아가야 했다.

민혁의 앞에는 리처드와 이희진이 앉아있었다. 민혁은 두 사람의 앞으로 검은 돌을 내밀었으며 마이클과 함께 이 돌이 어떤 힘을 가졌는지에 대해서 설명했다.

그리고 시간에 딱 맞게 도플갱어 액기스의 효력이 사라졌다.

그의 얼굴이 꾸물거리면서 변하기 시작했다. 리처드와 희진은 깜짝 놀랐다.

"도플갱어 액기스…?"

눈치가 빠른 리처드가 미간을 찌푸렸다. 서서히 변하기 시작하는 그의 얼굴을 본 리처드와 이희진은 놀랄 수 밖에 없었다.

이희진은 입을 막으면서 자리에서 벌떡 몸을 일으키기까지 할 정도였다.

"코, 코리안 나이트…."

그가 자신들이 생각도 할 수 없을만큼 대단한 사람이라는 것은 알았지만 그들은 믿을 수가 없었다.

코리안 나이트 강민혁.

그는 무위 하나로 세계 전체를 통합 할 수 있는 힘을 가진 권력자였고 한 때는 염인빈이었으나 지금은 더욱더 젊어진 육체로 돌아온 사내이며 추후에 그는 사람들의 입에서 '전설'이었다라고 오르락 내리락 거릴 사내였기 때문이다.

그런 그와 자신들이 밥을 함께 먹었으며 동행을 했고 도움을 받았다.

"이, 이런…."

리처드는 자신의 손이 벌벌 떨리는 것을 느꼈다. 떨림이 멈추지를 않았다. 민혁은 오른손의 검지 손가락을 자신의 입술에 가져갔다.

"자네들은 이곳에서 이 분을 보았다는 이야기도, 무형구슬을 얻었다는 사실 또한 발설하여서는 안 되네."

마이클이 민혁을 대신해 말해주었다.

"제가 둘을 선택한 이유는 간단합니다."

민혁은 빙긋 웃었다.

"젊은 인재들, 그리고 굳고 강한 뜻이 있는 사람들. 앞으로 아프리카를 비롯한 수많은 빈민국의 사람들에게 힘이 되어주기를 기원합니다. 제가 바라는 것은 그것 뿐."

앞으로 오재원에게 말을 꺼내 빈민국에 더욱더 후한 지원을 아끼지 말라고 하긴 할 거였지만 자신은 한때 이곳을 위해 움직였던 사내일 뿐이다.

계속해서 이런 빈민국을 위해 움직여줄 이들이 필요했다. 그 두 사람이 바로 리처드와 이희진이 될 것이다.

"돌을 집으십시오."

민혁의 말에 리처드가 천천히 손을 뻗었다. 그에게로 검은 돌이 스며들었다. 이희진도 곧 똑같이 행동하였다.

리처드에게는 스콜피온 킹이 사용했던 능력인 독을 사용하는 능력을 주었다. 이 독을 괴수들이 자주 출몰하는 지역에 펼쳐놓으면 그들의 접근을 방지하는 등, 사용하는 방법에 따라 다양한 이득을 볼 것이다.

이희진에게는 조금 대단한 능력을 주었다. 바로 잭의 능력이었다. 잭은 마인을 부리는 능력을 사용한다.

물론 이 능력들은 실제 인간이 익히게 되면 조금 변화한다. 이우민이 익혔을 때에 세계의 모든 괴수를 한 번에 조종할 수 없던 것처럼.

"두 명의 사람 혹은 두 마리의 괴수를 부릴 수 있다…?"

희진이 라이센스를 통해 능력을 확인하였다. 더 대단한 것은 자신의 급보다 높은 괴수를 부릴 수 있고, 인간도 부릴 수 있다는 것.

리처드도 너무 대단한 능력을 얻었기에 어안이 벙벙해진 표정이었다.

"제가 이러한 힘이 있다는 건 언급했듯 비밀입니다. 앞으로 제 귀에 두 사람의 이름이 자주 들려왔으면 좋겠군요."

민혁의 바램이기도 했지만 그것은 조만간 듣게 될 사실이었다. 두 사람의 이야기는 금방 귀에 들어올 것이다.

그들이 가진 힘은 그만큼 거대했다. 어쩌면 추후 마이클과 견줄지도 모른다.

민혁은 몸을 일으켜서 검은 보석함 상자 앞에 다가섰다. 그가 손을 뻗자 보석함 위로 검은 돌이 형성되었다. 뚜껑을 조심스레 닫은 민혁이 그것을 마이클에게 건넸다.

"전 이제 슬슬 가야 합니다. 이 돌은 제가 언급했던 이들에게 주십시오."

"노아와 에이미라는 여성에게 말이죠? 당연히 잊지 않았습니다."

마이클은 생긋 웃었다. 그가 돌아간다고 하니 아쉬운 게 있었다. 허나, 그는 며칠 사이에 정말 큰 일을 해냈다.

아프리카의 대륙을 뛰어다니던 괴수들의 씨가 거의 말랐을 정도다.

민혁이 바깥으로 걸음 했다. 뒤따라서 나오던 마이클은 무언가 이상하다 여겼다.

그 느낌을 민혁도 받았다.

그는 서둘러서 문을 힘껏 열어젖혔다.

그리고 볼 수 있었다. 하늘이 붉었다. 노을이 진다? 아니 지금 시각은 노을이 질 시간도 아니었으며 노을로 인해 세상이 이렇게 붉게 물들진 않는다.

민혁의 시선이 하늘로 올라갔다. 하늘이 붉었다. 피가 하늘을 적신 것처럼.

2. 피수의 왕

NEO MODERN FANTASY STORY

RAID

신의 탄생

2.괴수의 왕

레 이 드

NEO MODERN FANTASY STORY

에이미는 붉게 물든 아프리카의 하늘을 보면서 깜짝 놀
란 표정이었다. 함께 옆에 선 노아 역시도 처음 보는 알 수
없는 풍경에 미간을 찌푸리고 있었다.

"교수님… 원래 아프리카의 하늘은 붉어질 수도 있나
요?"

에이미는 자신이 터무니 없이 말도 안 되는 질문을 노아
에게 던진 것을 알고 있었다. 그만큼 붉게 물든 하늘을 이
해 할 수 없는 것이었다.

"말도 안 되지. 어째서 하늘이… 그것보다….

노아는 팔이 덜덜 절로 떨리는 것을 느꼈다.

쿠쿠쿠쿠!

[키에에에에엑!]

[쿠랴아아악!]

땅이 진동했다. 하늘에서는 괴수들의 포효가 세상을 가득 메우고 있었다. 요근래에 커넥터 길드에서 괴수들 토벌에 집중하고 있다는 소식을 들었고 그로 인해 눈에 띄게 괴수들의 숫자가 줄었다고 여겼다.

너무나도 많은 숫자가 줄어서 의아하다고 느끼고 있던 노아였다. 그런데 남아있는 괴수들이 모두 붉은 하늘에 반응하면서 비명을 지르고 있었다.

'두려워하고 있어. 괴수들이.'

노아의 미간이 찌푸려졌다. 괴수들은 비명을 지르고 있는 것이 분명해 보였다. 놈들은 두려워하고 있었다.

붉은 하늘 때문에? 아니면 또 다른 무언가가 있는 것인가. 확실한 것은 하나 있었다.

"심상치 않은 일이 벌어질 것 같아."

에이미는 노아의 심각한 목소리에 벌벌 몸을 떨었다. 주위에서 들리는 괴수들의 비명 소리는 점차 겹쳐지고 있었다. 괴수들이 한 곳에 모여들고 있었다.

[쿠롸아아아악!]

그리고 그 괴수들 중에서는 이제까지 접하지 못했던 강한 놈들도 있는 것으로 추정되었다.

쿠쿠쿠쿠!

땅이 무너지는 소리도 들렸다.

"던전을 비집고까지 괴수들이 나오는 것인가."

보지는 못했지만 노아는 짐작했다. 이곳 이스랑거 부족의 마을과 머지 않은 곳의 던전이 무너지는 소리가 방금 들린 소리일 것이다.

노아는 뛰기 시작했다. 그의 나이를 생각하면 뛴다는 것은 벅찰지도 모르지만 오랜시간 아프리카에서 활동했던 그는 나이와 다르게 이팔청춘처럼 팔팔하게 움직였다.

에이미도 그를 뒤따라서 달렸다. 이스랑거 부족의 마을과 머지 않은 곳에 언덕이 있었다. 두 사람이 언덕의 끝에 섰다.

그리고 눈은 경악으로 물들었다.

"세상에…."

아주 먼 곳에 괴수들이 모여 들었다. 그리고 계속해서 아프리카 대륙을 뛰면서 괴수들이 빠르게 모이고 있었다.

마치 흩어졌던 수만의 병사들이 예정했던 곳으로 다시 돌아오듯이 새까맣게 괴수들이 움직이고 있었다.

이미 그곳의 하늘을 날아다니는 괴수들로 하늘의 구름이 보이지 않을 정도였다.

그때에 공간을 비집고 한 사내가 튀어 나왔다. 사내의 몸은 붉은 색이었다. 그의 이마의 정중앙에는 다이아몬드처럼 째하얀 보석이 육각형의 형태로 박혀 있었다.

사내가 공간을 비집고 모습을 드러내는 순간이었다. 모든 괴수들이 일제히 고개를 숙였다. 허공을 날던 괴수들도 땅으로 내려서 고개를 조아리고 있었다.

마치 왕의 군림을 맞이하는 것처럼.

쿠우우웅!

허공에서 천천히 바닥으로 내려가던 사내의 발이 땅에 닿는 순간이었다.

대지가 진동하면서 괴수들이 모두 울음을 그쳤다.

❖ ✢ ❖

마이클은 믿기지 않는 표정이었다. 모든 괴수들이 한 곳에 모였고 붉은 피부를 가진 한 사내의 앞에서 모두가 고개를 숙이고 있었다.

"이게 도대체 어떻게 된 일일까요."

마이클은 옆에 섰던 민혁을 돌아보며 뱉은 말이었다. 허나, 그는 그곳에 없었다. 마이클의 시선이 돌아갔다.

민혁은 어느덧 수 천 마리가 넘는 괴수들이 일제히 모인 그곳에 당도해 있었다.

일정 거리에 들어선 민혁은 멈추지 않고 계속해서 그들을 향해서 천천히 걸었다.

그는 품에서 담배 갑을 꺼내 한 가치 입에 물고는 손으로 가리며 불을 붙였다.

"지랄들 하는군."

그는 담배 연기를 허공에 뿜으면서 붉은 피부를 가진 사내를 서늘하게 노려봤다. 그와의 거리가 500m정도 되었다.

민혁은 멈추지 않고 걸었다.

사내에게서는 이제까지 범접하지 못한 힘이 느껴졌다. 아니, 사실 사내라는 말은 틀릴지도 모른다. 수컷이 어울릴 것 같다.

놈은 괴수가 분명하다. 인간이나 신에게서 느꼈던 느낌과는 전혀 다른 느낌이 그에게서 흘러나오고 있었기 때문이다.

한 가지 확실한 것은 있었다. 놈은 결코 가벼이 볼 상대가 아니었다.

사내의 시선이 민혁에게 돌아갔다. 입술 또한 그는 붉은 사과를 물들인 것처럼 붉었다.

[계승자인가?]

"나를 알아봐 주다니, 황송하기 그지없군."

민혁은 생긋 웃었다. 자신을 알고 있다는 것은 쉽게 생각할 수 있게 해준다. 목표는 자신이었다.

민혁의 팔에서 강한 힘이 꿈틀거렸다.

그는 시험 삼듯이 사내를 향해서 대포탄을 쏘아 보냈다.

콰아아아아앗!

민혁이 막강한 힘을 얻게 되면서 그가 쏘아 보내는 대포탄은 더 이상 일반적인 능력이라고 보기에는 어려울 만큼 강한 힘이 되어 있었다.

대포탄 하나가 산을 무너뜨리며 대지를 진동시키고 허공조차도 가를 정도였다.

[예의가 없군.]

사내는 무미건조한 표정으로 말했다. 그는 미동조차 하지 않았다.

그 순간 민혁은 볼 수 있었다. 다양한 등급의 다양한 생김새의 괴수들이 일제히 그의 앞을 막아섰다.

그와 함께 방어막처럼 차자자작 하는 소리와 함께 두꺼운 방패가 되었다.

콰아아아악!

대포탄과 괴수로 일구어진 방패가 부딪쳤다. 방패는 바로 사내의 앞을 막고 있었고 넘실거리는 강한 힘을 가진 대포탄의 일부라 방패를 부수지 못하고 양 옆으로 뿜어져 날아갔다.

민혁은 한 쪽 눈썹이 치켜 올라갔다.

놈들은 대포탄을 막을 수 없는 갑각을 가졌다. 아무리 높은 등급을 가진 괴수라고 해도 쉽사리 민혁의 공격을 막아낼 수 없었다.

그렇다는 것은 놈들은 앞의 사내로 인해서 강화되고 조종된다는 것을 의미했다.

"그럼 이건?"

민혁의 오른 팔이 천천히 하늘로 올라갔다. 그리고 팔을 내리치듯 동작하는 순간이었다.

촤아아앗!

세 개의 무형검이 일제히 사내를 향해서 내려갔다. 일반적으로 막을 수 없음을 사내도 안 듯 싶었다.

더욱 많은 숫자의 괴수들이 방어막을 형성하였다.

스르르륵!

푸아아악!

스르르르륵!

푸아아아아아악!

무형검의 앞을 막아선 괴수들이 일제히 몸이 양단되었다. 무형검은 멈추지 않고 놈들의 틈을 파고 들었다.

하지만 그럴수록 괴수들의 숫자는 더욱더 늘어만 갔으며 무형검의 힘은 약해졌다. 결국 무형검이 어느덧 일정량의 괴수를 베고는 힘없이 사라졌다.

"괴수는 내 방패. 뭐 이건가?"

어차피 실험일 뿐이었다. 어느덧 민혁은 그의 50m 코 앞까지 다가간 상황이었다. 사내와 민혁이 근접하자 괴수들은 당장 민혁을 찢어 죽일 듯이 경계했다.

마치 그 눈빛이 '감히 고개를 숙이지 않는 것이냐.' 라는
식이었다.

민혁은 콧등을 긁었다.

"정체가 뭐냐."

그의 짧고 굵은 질문에 사내의 눈이 민혁에게 향했다.

계속해서 주위에서 괴수들이 몰려들어 다른 괴수들처럼
자리를 지키고 있었다. 숫자는 늘어만 가고 있었다.

[괴수의 왕.]

"괴수의 왕?"

민혁은 그 말에 실소를 흘릴 수 밖에 없었다. 그는 혀를
쯔쯔 차며 고개를 저었다.

"유치하기 그지 없구나."

말은 그렇게 했지만 결코 가벼워 보이는 이름은 아니었
다.

괴수의 왕. 발라카스는 6천 여년 전의 생명체였다. 발라
카스는 괴수이지만 지능이 무척 뛰어난 괴수였다.

그는 본체의 모습으로 돌아가면 드래곤의 형상이었다.
허나, 그 어떠한 드래곤도 발라카스에게는 견줄 수 없었다.

드래곤 로드라고 불렸던 자가 발라카스의 횡포에 수
백 여 마리의 드래곤과 함께 그를 죽이려 했던 적이 있었
다.

그때에 발라카스는 드래곤 로드의 손에 죽었다. 하지만

수 백여 마리의 드래곤 대부분이 발라카스의 힘에 맥없이 쓰러졌고 드래곤 로드마저도 크나큰 중상을 입었을 정도였다.

만약 드래곤 로드와 발라카스. 두 존재만이 붙었다면 필승은 발라카스였다. 아니, 드래곤 로드가 둘이 있었다고 한들 발라카스의 목을 뚫을 수는 없었을 것이다.

그는 괴수의 왕이라 군림했던 자이자 드래곤 로드의 목을 위태롭게 했던 이다.

또한, 한 시대의 악몽으로 떠오른 괴수이기도 하였다.

그런 괴수 발라카스가 지금 바로 민혁의 앞에 서 있는 것이었다. 수백 마리의 드래곤과 드래곤 로드를 위험에 빠트렸던 이가 말이다.

발라카스를 창조했던 신은 이런 말을 한 적이 있었다.

'내 일생일대의 실수는 발라카스를 세상에 나오게 한 것이다.'

발라카스는 그 당시 수많은 차원을 무너뜨렸고 수많은 생명체를 죽였다. 신은 그에 자신을 자책했고 신의 자리에서 물러났다라고 전해진다.

[유치하다?]

발라카스의 고개가 갸우뚱 해졌다. 그리고 그는 곧 작은 조소를 머금었다.

[인간은 6천 여년 전 겨우 죽지 않았지. 왜인 줄 아는가?]

그 질문에 민혁은 답할 필요성을 느끼지 못하고 그를 향해 걸어가기 시작했다.

[너무 나약해서, 약해 빠졌기 때문에 손댈 필요성조차 느끼지 못했기 때문이다. 내가 이곳에 손을 뻗었다면 너도, 네 조상도 앞으로 네 후손도 없었겠지.]

"아, 그러세요?"

발라카스는 마치 자신을 위대한 신처럼 말하고 있었다. 하지만 민혁에게는 자신이 죽여야 할 괴수에 지나지 않아 보였다.

이제까지 죽였던 수많은 괴수 중에 하나.

[건방지다.]

사내의 눈이 차갑게 내려앉았다. 그순간 이마에 박힌 보석이 하얀 빛을 뿜었다.

민혁의 눈이 꿈틀거렸다.

수 백의 괴수들이 사내의 손으로 빨려 들어가고 있었다. 마치 홀로그램처럼 놈들의 몸이 일그러졌다.

민혁은 그의 손 끝에 모인 힘을 보았다.

'마치 내가 누군가를 죽여 차크라를 인피니티 건틀릿에 담은 것과 흡사하군.'

놈의 손바닥에는 수백의 괴수들의 힘이 몰려 있었다. 민혁을 향해서 그 힘이 폭발하듯 튀어나왔다.

콰아아아악!

대지를 찢으며 날아오는 그 힘에는 다양한 괴수들의 얼굴이 꿈틀대고 있었다.

"징그럽기 그지 없군."

민혁은 쓰게 웃었다. 굳이 피할 필요성을 느끼지 못했다. 투신이 주었던 진짜 무형갑의 힘 중의 하나인 절대적인 방패가 그의 눈 앞에 모습을 드러냈다.

[퀴레에에엑!]

[캬하오오오!]

수백의 괴수들의 포효. 그 앞을 둘러막은 무형갑은 가볍게 막아내고 있었다.

"인간이 나약해서 손대지 않았다고?"

민혁은 픽 웃었다. 그는 그 힘과 마주하면서도 물러서지 않고 무서워하지도 않았다. 그 힘의 사이를 파고 들면서 계속 걸어갔다.

어느덧 그와 코앞의 거리에 근접했다. 주먹을 뻗으면 닿을 정도였다.

"오늘 그 말을 정정 시켜주마."

민혁은 실실 거리며 웃었다. 그가 천천히 팔을 들어 올렸다. 또 다시 놈의 이마에 박힌 거슬리는 보석이 빛을 뿌렸다.

"네가 안 건든 게 아니라, 무서워서 못 건든 것이라고. 그리고 괴수의 왕인 너는 오늘 한낱 인간의 손에 죽었다고 말이야."

발라카스의 팔이 뒤로 젖혀졌다. 동시에 민혁이 한 발자국 걸음을 뗐다.

콰아아악!

민혁이 발라카스의 목을 조이기 위해 손을 뻗는 순간이었다. 괴수들이 일제히 그를 향해서 뛰어 올랐다.

민혁은 멈추지 않고 손을 뻗었다.

[퀴에에엑!]

[캬오오오!]

자신들의 왕의 위험에 괴수들이 민혁에게 달라 붙으려고 했지만 놈들은 하나 같이 그의 주위로 쳐진 무형갑에 의해 이빨로 그의 목을 물어 뜯지 못했다.

어느덧 손이 놈의 목에 근접한 순간이었다. 놈의 입이 열리면서 뱀처럼 기다란 혀가 쭈우욱 뽑혀 나와 민혁의 목을 노렸다.

민혁은 놈에게 뻗던 손을 거둘 수 밖에 없었다. 혀는 마치 칼처럼 날카로웠고 제비처럼 빨랐다.

촤아아앗!

촤아아앗!

"그게 혀냐, 아니면 무기냐."

혀가 여러 개로 갈라지면서 마치 촉수로 공격하듯 사방에서 공격해 들어왔다. 가뿐히 피해내는 민혁의 한 손에서 무형검이 날아갔다.

좌르르륵!

괴수들이 일제히 몸을 날려 막았다. 허나 또 한 자루의 검을 날리자 발라카스의 손을 베고 지나갔다.

투욱!

놈의 손이 바닥에 떨어졌다. 민혁이 피식 웃었다.

"괴수의 왕도 별 거 없군."

하지만 곧 그의 미간이 찌푸려졌다. 괴수 한 마리의 머리가 뽑혀 나갔다. 분리된 목에서는 피가 솟구쳤다.

머리가 꾸물거리면서 손의 형태로 변화했다. 그리고 이내 그 손은 발라카스의 손이 잘린 부분에 부드럽게 붙었다.

그는 손을 쥐었다 폈다를 반복해봤다.

[재밌는 이야기를 하나 하지.]

발라카스의 얼굴로 짙은 웃음이 맺어졌다. 실상 민혁은 그의 무위가 생각보다 크다고 느끼지는 않았다.

자신이 충분히 죽일 수 있을 정도다.

[세계에 괴수들이 있는 한, 난 죽어도 다시 태어난다.]

민혁의 미간이 찌푸려졌다.

"무슨 불사신이세요?"

[지금 죽으면 다른 괴수의 몸에서 일어난다. 그 괴수의 몸에서 죽으면 다시 다른 괴수의 몸에서 살아난다. 난 죽지 않는다. 그것이 나 괴수의 왕. 발라카스다.]

발라카스의 눈이 서늘하게 가라앉았다.

[그리고 그 어디에 있는 괴수도 내 밑에 종속시킨다. 너의 부모가 있는 나라의 괴수도, 이 차원의 모든 괴수도.]

민혁의 얼굴이 굳어지기 시작했다. 그가 굳이 자신에게 이 사실을 말하는 이유는 경고하고 있는 것이다.

지금 너의 부모를, 너의 나라를 인질로 나는 삼을 수 있다.

[죽일 수 있을 것 같다면 죽여봐라.]

"그러지."

민혁의 눈이 싸나워졌다. 자신의 소중한 사람들을 인질로 삼겠다. 라고 말하고 있었다. 그의 양 손에서 세 자루의 무형검이 뻗어지며 놈의 몸을 베어 넘겼다.

퐈아아앗!

놈의 피가 사방에 뿌려졌다.

[쿠아아아아악!]

[캬아아아악!]

괴수들이 비명을 질렀다. 그의 죽음에 슬퍼하며 분노하고 있는 것이다. 하지만 곧 다시 놈들이 일제히 고개를 조아리기 시작했다.

리자드맨. 낮은 등급의 괴수였지만 놈의 몸이 도플갱어의 액기스를 마신 것처럼 꾸물거리기 시작했다.

그리고 곧 방금 전의 발라카스의 모습으로 변화했다. 완전히 변화하는데 걸린 시간이 2초 남짓이었다.

[이제 알겠….]

그 말이 채 끝나기 전이었다. 민혁은 또 다시 베었다. 그리고 주위를 경계했다. 최대한 방법을 찾아내야 했다.

머지 않은 곳에 위치한 익룡 한 마리가 꾸물거리려는 모습이 포착되었다. 또 다시 베었다. 그러나 놈은 다른 괴수의 몸에서 기생했다.

베고 베고 베고 베어도 놈은 다시 기생하고 있었다. 민혁의 미간이 찌푸려졌다.

'방법은 있다. 분명히. 그렇지 않다면 6천 년 전에 놈이 뒈지진 않았겠지.'

그는 분명히 자신을 6천 년 전의 괴수의 왕이라고 말했다. 지금의 그를 보면 거의 불사와 가깝다. 허나 그는 이제야 모습을 드러냈다.

그렇다는 건 누군가 놈을 죽였었다는 것이고, 또 다른 이로 인해 이곳에 왔다는 것으로 추정할 수 있었다.

죽이는 방법은 분명히 존재한다.

[날 죽일 수는 없어.]

민혁의 등 뒤로 다시 꾸물거리며 새로운 괴수의 몸에서 태어난 발라카스가 이죽이며 웃고 있었다.

"씨팔, 존나 성가신 놈이네."

민혁의 미간이 찌푸려졌다.

휘페리온. 지금 현재 세계에서 가장 핫한 강자들의 이름
이었다. 그들이 일제히 활인길드로 들어섰다. 그들의 발걸
음은 다급했다.

엘리베이터에 오른 오중태가 5층의 버튼을 눌렀다.

쿠쿠쿠쿠쿠

엘리베이터가 격하게 진동했다. 오중태의 미간이 찌푸려
졌다.

"이게 어떻게 된 일일까."

급하게 휘페리온이 소집되었다. 그리고 지금 비상사태에
들어섰다. 괴수재난사태 2단계가 선포된 상황이었다.

괴수재난사태 2단계에 들어서면 싸울 수 있는 각성자들
은 모조리 전투준비태세를 갖춰야만 했다.

갑자기 던전이고, 뭐고 그 안의 놈들이 모조리 튀어나오
기 시작했다. 몬스터 아웃 브레이크. 그때와 비슷한 상황이
었다.

처음 몬스터 아웃 브레이크 때 잃었던 인류를 생각하면
치가 떨린다. 하지만 그때와 지금은 조금 달라졌다.

그때의 몬스터 아웃 브레이크 때 인류는 괴수에 대해서
무지했고 싸울 수 있는 힘이라고는 군인들의 힘 밖에 없었
다.

지금은 다르다. 강한 각성자들이 있었다. 특히나 대한민국에는 그들과 맞설 수 있는 휘페리온이 있지 않던가.

띵동

5층에 도착하는 순간이었다. 기다리고 있던 구태환이 담배를 입에 꽉 물고는 연기를 뿜고 있었다.

"빨리들 오는군."

미간을 찌푸린 그는 핀잔을 주고는 나무 상자에 들어있는 무언가를 꺼냈다. 그것은 인피니티 건틀릿을 포켓 형식으로 변환했을 때와 흡사한 물건이었다.

"이것은 오중태 꺼, 김미혜, 스미스, 이현인."

그렇게 말하면서 그는 한 사람에게 하나씩 배정해서 손에 쥐어 주었다.

"볼록 튀어나온 부분을 누른다. 실시."

그 말이 채 끝나기 전에 성질 급한 이현인이 버튼을 눌렀다.

촤르르르르륵!

버튼을 누르는 순간 바닥으로 찰흙처럼 내려선 포켓이 거미줄처럼 크게 펴지며 현인의 몸을 감쌌다.

그것은 갑옷의 형태로 변화하기 시작했다. 흡사 민혁의 인피니티 건틀릿과 비슷한 모양새였다.

갑옷의 등 쪽에는 멋들어지게 활인의 문양이 자리를 잡았다. 인피니트 건틀릿보다 더욱더 견고하게 하체까지도 갑옷이 몸을 덮었다.

목까지 둘러진 갑옷. 다른 이들도 버튼을 눌러서 착용했다.

네 사람이 꼭 맞춘 듯 똑같은 색깔의 갑옷이었다. 휘페리온을 위해 구태환이 심혈을 기울여 제작해준 무구였다.

그는 이현인의 앞으로 성큼 다가가 그의 목 쪽을 어루만졌다.

"여기를 누르면."

그가 누르는 순간이었다. 목 쪽에 움직임의 제한 없이 가볍게 걸쳐져 있던 부분이 큰 해일이 인 듯 꾸물거리며 얼굴을 완전히 감싸 투구의 형태로 변화했다.

눈과 코, 입만이 보이는 모습이었다.

"호오."

현인이 작게 감탄했다. 다른 이들도 마찬가지였다. 무구는 입은 것이 아닌 것처럼 가벼웠으며 움직임에 제약이 없었다.

하지만 무구 자체를 어루만져보면 어지간한 공격으로는 뚫을 수 없을 정도로 단단해 보였다.

더 대단한 것은 투구를 썼을 때다. 투구를 쓰게 되면 아이언맨이 최신식 과학 기술로 상대방의 약점과 공격해야 할 부위를 파악하는 것처럼, 이 투구에도 그러한 기능이 있었다.

딱 상대방을 보는 순간, 방출계 각성자인지, 공격계 각성
지인지 떠올랐으며 이름과 출신, 각성자 등급이 떠오른다.

물론 이 떠오르는 등급은 업로드 되어 있는 것만 라이센
스에 반응해서 보여줄 것이다.

"얼핏 봐도 알겠지만 어마어마한 능력이 내재되어 있다.
그렇지만 설명할 시간이 없는 것 같군, 돌아와서 하는 걸
로."

현재 딱 두 개의 나라에서만 괴수들의 이상 징후가 발견
되고 있었다. 바로 대한민국과 아프리카였다.

눈치 빠른 자들은 이미 예상하고 있었다. 강민혁과 연관
성이 있다고.

하지만 그렇다고 다른 나라들은 무사한 것은 아니다. 다
른 나라에서도 몬스터 아웃 브레이크가 터질 것처럼 위태
로운 것이 사실이었다.

"이만 가보도록 하겠습니다."

오중태가 대표해서 작게 목례를 취했다. 그들이 김미혜의
옆에 함께 섰다. 순식간에 그들이 그 자리에서 사라졌다.

눈을 뜬 일행은 여의도의 한 빌딩의 옥상에 올라서 있었
다.

주위를 둘러보면 각성자들과 괴수들이 바글바글 끓고 있
었다. 괴수들이 워낙 곳곳에서 모습을 드러내고 있는 실정
이었기 때문에 통제가 쉽사리 이루어질 리가 없었다.

각성자들은 시민들의 대피에 큰 곤욕을 치르고 있었고 사방에서 밀려 들어오는 괴수들로 인해 수많은 피해가 발생되고 있었다.

하지만 아직까지 최악의 상황은 아니었다.

오중태가 시간을 확인했다.

"10분 정도?"

세계 곳곳에서 13인의 퍼스트 클래스며 시크릿 에이전트가 날아올 것이다. 물론 다른 나라에 일이 생긴다면 조금 변동될 수도 있다.

당연하게 아프리카보다는 사람들은 대한민국을 구하는 것을 선택할 것이었다. 특히나, 지금의 대한민국은 놓쳐서는 안 될 강대국이었으니까.

10분 정도 자신들이 괴수들을 막으면 될 것이다. 문제는 그 10분이 아주 지옥 같을 것이라는 점이다.

"가자."

오중태가 빌딩의 난간 위로 올라서 양 팔짱을 낀 채 망설이지 않고 중심을 밑으로 했다.

그가 빠른 속도로 밑으로 떨어져 내리기 시작했다. 그 뒤를 이어 스미스와 이현인이 내려섰고, 김미혜의 손에서는 거대한 모래가 뻗어 나가 괴수들을 옭아매기 시작했다.

후우우우웅!

촤아아아앗!

후우우우웅!

촤아아아앗!

민혁의 손에서 쉴 새 없이 뿜어지는 무형검이 괴수들을 베고 있었다. 한 자루의 무형검이 날아갈 때마다 서른 정도의 괴수들이 죽어 나가고 있었다.

자신을 포위하듯 둘러싼 놈들을 본 민혁은 한숨을 뱉었다. 죽여도 죽여도 끝이 없었다.

힘을 최대한 끌어 모아서 놈들에게 쏘아 보냈다. 놈들의 차크라를 계속해서 흡수하고 죽이고를 반복한다.

허나, 어디선가 또 다시 놈들은 몰려들고 있었다. 거기에 발라카스의 이마에 박혀 있는 보석이 빛을 뿌릴 때마다 공간이 열리며 또 다시 괴수들이 쏟아져 나왔다.

육체적인 피로감이 몰려왔다. 그리고 다급함과 긴장감 때문인지 몸이 경직된 느낌이었다. 머리도 지끈거릴 정도였다.

다급한 이유는 하나였다. 지금 대한민국이든, 다른 세계이든 무슨 일이 벌어지고 있는 지 짐작할 수 없었기 때문이다.

휘페리온이나 13인의 퍼스트 클래스, 시크릿 에이전트. 그들이 있기는 하여도 분명히 막는데는 한계가 존재했다.

번쩍

또 다시 놈의 이마의 보석이 번쩍였다. 이미 짐작은 했다. 저 보석을 부수면 답이 나올 것 같았다.

하지만 문제는 저 보석에 무형검조차도 닿지 못하고 있다는 것이었다.

괴수의 머리를 부수고 그의 어깨를 밟고 허공으로 도약한 민혁의 손에서 세 자루의 무형검이 날아갔다.

하지만 역시나. 괴수들이 그 앞을 빠르게 막았다.

그 틈을 놓치지 않고 민혁은 바닥으로 내려선 다음 빠르게 달려 그와 거리를 맞춘 후 뛰어올랐다.

그와 자신의 시선이 맞춰진 순간 민혁은 힘껏 손을 놈의 이마를 향해서 내리 찍었다.

그순간.

파지이익!

"끄윽!"

알 수 없는 힘이 그를 막았다. 강렬한 전류가 몸을 감싼 듯 그의 몸이 부들부들 떨렸다. 민혁이 다시 바닥으로 내려섰다.

계속 어떠한 힘이 이마의 보석을 깨부수려는 순간 그를 막고 있었다.

그 힘의 원인을 찾아내고 저 보석을 부서야 했다.

찌릿찌릿한 통증은 꽤나 오래갔다. 감전되고 난 후 몸이 마비되는 듯한 통증이었다. 그 틈을 놓치지 않고 괴수들이 일제히 그를 향해서 달려 들었다.

태애앵!

태애애앵!

태애애앵!

무형갑이 반응을 일으키면서 놈들을 퉁겨내었다. 만약 무형갑이 없었다면 그는 진작에 죽었을 지도 모른다.

몸의 뻐근함이 사라지자 어깨와 다리를 푼 민혁이 발라카스를 올려다봤다. 하늘을 밟고 선 그는 비릿하게 조소하고 있었다.

[죽일 수 없어.]

그 말이 얄밉게 느껴질 수 밖에 없었다. 민혁도 똑같이 받아쳤다.

"내 인피니티 건틀릿은 죽일수록 무한하게 차크라를 흡수한다. 계속 힘을 사용해도 나 역시 보충된다는 의미다."

발라카스가 픽하고 웃음을 흘렸다.

[하지만 언젠간 지치게 되어있지.]

그때에 민혁의 목을 뜯어 먹을 심산이었다. 그렇지 않더라도 상관 없었다. 그가 아끼는 모든 것이 사라질 것이다.

발라카스는 자신을 소환한 소환주에게 똑똑히 들었다. 계승자를 죽이든, 절대신을 죽이든 죽여라.

현재 그는 온 정신을 대한민국의 괴수들을 깨우는데 집중하고 있었다. 대한민국이 무너지고 인간들이 휩쓸리기 시작하게 된다면 그 틈에는 절대신도 있을 것이다.

자신이 강민혁이라는 계승자를 지치게 해서 죽이든, 절대신을 괴수들을 이용해서 죽이든. 어떤 것이든 자신의 승리였다.

[이길 수 없다. 절대.]

민혁은 그 말에 픽 웃었다.

"글쎄."

그가 발에 힘을 주자 땅이 깊게 패였다.

"누가 지칠지는 해봐야 알지."

여유롭듯 하지만 그 속내는 새까맣게 타들어갔다. 지금 당장도 대한민국이 어떤 식으로 아비규환이 되어 있을지 알 수 없으니까.

❖ ❖ ❖

퓨퓨퓨퓨퓨푹!

허공에서 내려서는 모래로 일구어진 창들이 빠르게 괴수들의 몸을 관통하고 있었다.

수우우우!

푸슈유육!

푸슈유유육!

바람이 불 때마다 괴수들이 비명조차 지르지 못하고 절명하고 있었다.

타타타탓!

거대한 늑대인간이 도심 한복판에서 **빠르게** 내달리고 있었다. 그와 부딪치는 괴수들이 볼링의 핀처럼 우르르 무너져 내렸다.

또 어떠한 괴수들은 벌레처럼 작아서 보이지 않는 적에게 무차별적으로 몸이 짓눌리고 터져 나가고 있었다.

휘페리온은 각성자들과 힘을 합쳐서 시민들의 대피로를 만드는데에 최선을 다하고 있었다.

어느덧 도착한 13인의 퍼스트 클래스들이 바쁘게 합류를 시작했다. 그렇지만 역부족이었다.

수 천 마리가 넘는 괴수들. 아니, 전해 들은 무전에 따르면 전국의 괴수들이 일제히 서울로 집중해서 넘어오고 있다고 한다.

단순히 넘어온다는 문제가 아니다. 놈들은 이곳으로 넘어오면서 자신들의 발에 밟히는 것을 모두 죽인다는 것을 의미한다.

또한 전국에 있는 괴수들의 숫자를 합하면, 각성자들이

막기 벅차다. 13인의 퍼스트 클래스와 시크릿 에이전트가
있다고 할지라도.

괴수들을 공략할 때에, 인간들보다 괴수들이 더 많이
죽어나가는 이유는 하나였다. 바로 던전의 공략을 알고,
괴수들의 약점을 파악해서 전략적으로 사냥하기 때문이
었다.

허나, 지금은 달랐다. 마치 스타크래포트라는 전략 게임
처럼 물량공세가 쉴 새 없이 펼쳐지는 것 같았다.

우르르르르!

"치잇!"

미혜는 무너져 내리는 빌딩을 보면서 입술을 깨물었다.
그 밑으로 수 백명의 인명이 대피로를 향해 움직이고 있었
기 때문이다.

그녀가 순식간에 있던 자리에서 사라졌다.

"꺄아아악!"

"허어억!"

수백의 사람들이 무너져 내리는 빌딩을 보면서 비명을
질렀다. 꼼짝 없이 죽겠구나 싶었다. 대부분의 이들은 도망
칠 생각조차 하지 못했다.

무너져 내리는 빌딩의 속도가 너무 빨랐기 때문이다.

그 순간, 미혜가 그들의 앞에 나타났다.

파아아앗!

수백의 사람들이 감쪽같이 사라졌다. 그들은 어느덧 안전한 대피로에 있었다.

"가, 감사합니다!"

"김미혜…!"

"어서 가요!"

놀랐던 사람들은 거친 숨을 몰아쉬고 있는 김미혜를 보고는 환호를 질렀다. 하지만 정작 그녀는 그 환호성이 귀에 들어오지 않았다.

서둘러 도망치라고 소리칠 뿐이었다. 거친 호흡이 그녀가 벅차다는 것을 보여준다.

그녀의 차크라는 무한이 아니었다. 강민혁처럼 계속 된 흡수를 하지 못했다.

아무리 그녀가 휘페리온의 일원 중 하나이며 시크릿 에이전트들과 버금가는 힘을 가졌다고 한들, 수 백 명을 옮기는 블링크를 사용하고 온전할 리가 없었다.

그 순간이었다. 그녀의 몸을 강한 힘이 감쌌다.

"괜찮아?"

늑대인간의 형태를 했던 현인이 원래의 갑옷을 입은 인간의 형태로 변하며 한 말이었다.

"괘, 괜찮아요."

그의 회복계 능력 때문에 그나마 호흡이 추슬러지고 차크라가 더 빠른 속도로 차오르기 시작했다.

하지만 분명히 무리였다. 주위를 둘러보면 아직은 각성자들이 밀리지 않고 괴수들을 막아내고 있었다.

그러나 앞으로 한 시간이 지난다면? 두 시간이 지난다면? 각성자들의 차크라는 분명히 소모된다.

하지만 그와 다르게 괴수들은 계속해서 몰려들고 있었다.

이대로 갔다가는 서울은 오늘 내로 함락 당할 지도 몰랐다.

"지원이 더 필요해."

현인이 중얼거리듯 말했다. 아마도 오재원도 사태의 심각성을 알고 지원요청을 추가로 할 것이다.

그렇지만 계속 인원을 충당해서 메우는 것으로 얼마나 버틸 수 있냐는 것이었다.

"크으으윽!"

그 순간 미혜의 눈으로 오중태가 삐끗하는 것이 보였다. 네임드 급의 괴수와 싸우다가 지친 그가 다리가 풀린 것이다.

미혜가 순식간에 그 앞에서 사라졌다.

그리고 오중태와 함께 다시 현인의 옆으로 돌아왔다.

"미치겠다. 정말."

오중태는 뻐근한 다리를 어루만지면서 미간을 찌푸렸다. 현인이 다리를 어루만지더니 손에서 하얀 빛을 뿌렸다.

다리의 통증이 가시자 오중태가 다시 뛰어갔다.

이 싸움은 우리나라의 국민들 모두가 죽던가, 아니면 이 안의 괴수들이 죽던가 해야만 끝날 것만 같았다.

❖ ✛ ❖

두 시간이 지났다. 차크라를 소모하면 다시 흡수하고 소모하면 흡수하고의 반복이었다. 한 번씩은 괴수들의 물량이 너무 많을 때 카르마 능력을 이용해서 놈들을 쓸어버리기도 했다.

그럼에도 놈들은 다시 놈의 이마의 빛이 번쩍하는 순간에 다시 나타나고 있었다.

민혁은 분명히 지쳐가고 있었다. 아무리 계속 힘이 차오른다고는 하지만 정신적으로 지치는 것은 사람으로써 어쩔 수 없는 것이었다.

특히나 가장 크게 그에게 무리를 주는 것은 조급함이었다.

두 시간. 아직까지는 버티고 있을 것이다. 세계의 지원도 녹록하지는 않을 것이다. 하지만 그 사이에 무너지는 빌딩들과 죽어가는 인명피해를 생각하면 그는 느긋하게 움직일 틈이 없었다.

그러던 중, 민혁은 의아한 것을 하나 발견했다.

'멀리 있다?'

그는 해볼 수 있는 것은 전부 해보고 있었고 계속해서 괴수들을 사냥하고 발라카스를 공격하면서도 모든 가능성을 열어두며 놈을 죽일 방법을 집중하고 있었다.

그러던 중, 원을 그리고 형성한 괴수들 중 바깥 쪽에 있는 괴수 한 놈이 그 자리에서 계속 움직이지 않고 있다는 사실을 알 수 있었다.

놈은 급이 조금 되어 보였다. 최소 SSS-급 괴수. 저 정도 괴수라면 시크릿 에이전트나 휘페리온이 없다면 삽시간에 도시 하나를 쑥대밭으로 만들 수 있을 것이다.

보통의 괴수들은 파괴성을 가진다. 허나, 놈은 움직이지 않고 있었다. 아니 정확하게는 자신에게 접근하지 않고 있었다.

'이유가 뭘까.'

마치 자신이 다치는 것을 경계하는 것 같은? 정확하게는 발라카스가 놈이 자신에게 접근해 괜히 죽지 않게 잡아놓고 있는 듯한 느낌이었다.

'실험해보면 되겠지.'

민혁은 괴수 한 마리의 머리를 터뜨리면서 생각을 끝마쳤다. 그리고 괴수들의 틈을 헤집으면서 발라카스가 반응할 수 없을 정도로 빠르게 놈의 앞으로 접근했다.

[……!]

발라카스의 몸이 움찔하는 것을 분명히 강민혁은 똑똑히

보았다. 민혁은 놈의 머리를 단숨에 깨부숴버렸다.

SSS-급이라고 해도 지금 민혁의 수준에서는 각성자 전문 고등학교에서 실습으로 나올 법한 저글링을 잡는 것만큼 간단한 일이었다.

놈의 몸이 후두둑 터지자 발라카스의 얼굴이 딱딱하게 굳어졌다.

놈은 내색하지 않으려고 하는 것 같았지만 민혁은 달려나가면서 분명히 놈이 움찔하는 것을 보았다.

발라카스는 말을 하지 않았다. 아끼는 것이었고 자신이 당황한 것을 보이지 않으려고 하는 것 같았다.

민혁은 자신의 턱을 어루만졌다.

"방금 내가 이놈을 죽이면서 주위를 유심하게 둘러봤지."

그의 입가가 스멀스멀 올라가기 시작했다.

"이놈 뿐만이 아니라 아주 먼 곳에 떨어뜨려 놓은 놈들 중에 유독 급히 높아 보이는 괴수들 중 움직이지 않고 있는 놈들이 있어."

[무슨 소리지?]

발라카스는 여전히 여유로운 미소를 짓고 있었다. 허나 민혁에게는 보이는 것 같았다. 새까맣게 타 들어가고 있는 놈의 속내가.

"왜 놈들은 움직이지 않을까. 마치 내가 죽이면 무슨

큰일이라도 생길 것처럼. 그리고 놈들은 분명히 처음부터 계속 죽지 않고 살아 있었어. 내가 오늘 죽인 놈들만 한 이 천 쯤 되는데, 그 움직이지 않는 놈들은 죽은 대상에 포함되지 않는 거지. 그리고 새로 모습을 드러내는 괴수들 중에서는 몸을 사리는 괴수들이 없다는 이 말이야."

민혁은 이제야 어느정도 알겠다는 듯이 씨익 그를 올려다봤다.

"그놈들이 해답이 아닐까?"

[무슨 소리를 하는 것….]

발라카스는 여전히 여유롭게 웃었다. 그 순간이었다. 민혁이 빠르게 놈을 향해서 도약해 올랐다.

발라카스의 몸이 움찔하는 것이 분명히 보였다. 놈이 접근하는 민혁을 향해서 손을 앞으로 뻗었다.

괴수들이 응축되어 놈의 손에 몰려들어 민혁을 향해 쏘아졌다.

민혁은 그 안을 망설이지 않고 단숨에 파고 들었다. 그 안을 파고들자 흉측한 괴수들의 얼굴이 계속해서 보였다.

민혁은 주먹을 앞으로 뻗어 놈들을 모조리 찢어버렸다. 어느덧 몸을 뒤로 빼내는 발라카스가 보였다.

도망치고 있는 것이다. 어째서? 놈은 죽어도 다시 태어난다. 괴수의 몸에서. 그 때문에 이제까지 아무리 놈을 죽이려고 공격해도 놈은 한 번도 기겁하거나 두려워하지 않았으며 피하지도 않았다.

　허나, 지금은 달랐다. 두려워하며 기피하고 있었다.

　민혁이 순식간에 그의 코앞에 다다랐다.

　"한 번 네놈을 죽여보면 답이 나오겠지."

　[난 절대 죽지 않는다. 괴수들이 있는 한.]

　발라카스는 여전히 능청스레 입발린 소리를 하고 있었다. 민혁의 입이 또박또박 말을 뱉었다.

　"거.짓.말."

　그가 발라카스의 목을 움켜잡았다. 놈이 도망치기 위해 힘을 폭사시키려 했지만 민혁이 한 발자국 더 빨랐다.

　콰아앗!

　그의 손아귀에 몰린 카르마의 힘에 의해 발라카스의 목부터 시작해서 온 몸이 퍼어엉 터지면서 폭발했다.

　그 잔여물을 뒤집어 썼지만 개의치 않아했다. 이미 괴수들의 터진 잔해물로 민혁의 몸은 사람의 몰꼴이 아니었기 때문이다.

　민혁의 시선이 주위를 흩었다. 발라카스가 이번에는 어떠한 괴수의 몸에서 나타나는지 확인하는 것이었다.

　곧 꾸물거리는 스콜피온 한 마리가 보였다. 꾸물거리는 놈은 발라카스의 형체를 만들어내고 있었다.

　민혁은 유심히 놈을 바라봤다. 그리고 곧 비릿하게 웃었다.

"빙고."

정확하게 맞췄다. 발라카스는 보이지 않으려고 주먹을 쥐고 있었지만 민혁은 분명히 보았다. 그의 왼 손의 새끼 손가락과 약지 손가락이 재생되지 않았다.

"이 중에 숨은 괴수들 중 네 몸의 일부가 있는 거야, 놈 들이 죽으면 하나하나 재생하지 못하는 거지."

발라카스는 답하지 않았다. 놈이 답하지 않아도 되었다. 민혁은 눈에 넣어놨던 괴수 한 마리에게 또 다시 접근했다.

놈의 몸을 단숨에 무형검으로 양단내고는 발라카스를 또 다시 양단내었다.

다시 몸이 재생된 놈은 이번에는 눈 한 쪽이 없었다.

"푸흐흐…"

해답은 찾아냈다. 발라카스의 얼굴이 처참히 일그러졌 다. 놈의 이마의 보석이 빛을 뿌렸다. 그와 함께 사방에서 공간이 열리며 괴수들이 튀어나오기 시작했다.

이제까지 나왔던 괴수들보다 훨씬 많은 숫자였다. 순식 간에 천 여 마리 정도의 괴수들이 보충되었다.

"이 틈에서 찾아내라? 개소리. 이 틈에서 찾아내지 않고, 네가 놈들을 불러 들이는 속도보다 더 빠르게 죽이면 그만 이다."

민혁의 눈이 가라앉았다. 게임은 끝났다.

타앗!

그가 발을 움직이는 순간이었다. 순식간에 괴수들이 썰물처럼 밀려 나가기 시작했다. 그 속도는 발라카스도 당혹할 정도로 빨랐다.

민혁은 온 몸의 힘을 최대한 폭사시켰다. 땅이 진동하고 하늘이 거친 울음을 토한다.

콰아아앙!

콰아아아앙!

아프리카의 메마른 대지가 거칠게 비명을 지르기 시작했다. 자욱한 먼지가 주위를 감쌌고, 다시 공간이 열리며 괴수들이 튀어나오려고 한다. 하지만 민혁이 괴수들을 줄여나가는 속도가 더 빨랐다.

그 모습을 보던 발라카스가 허공을 향해 거친 포효를 시작했다.

❖   ❖   ❖

[크와아아아악!]

놈도 분명히 위험을 느낀 것이다. 놈의 몸이 불룩불룩 흉측하게 커지기 시작했다. 기존의 모습으로 돌아가려는 것임을 알 수 있었다.

"시끄러, 새끼야."

쫘아앗!

민혁의 손에서 뻗어 나간 무형검이 본체로 돌아가려는 놈을 베어 넘겼다. 놈은 최대한 먼 곳에서 재생을 시작했다.

"어쭈?"

아마도 놈은 기생할 몸을 선택할 수 있는 것 같았다. 그렇다는 것은 이곳보다 더 먼 곳으로 도망칠 수도 있다는 것을 의미할지도 모른다.

그렇게 되면 골치 아파진다. 잠시 죽이지 않기로 한다.

다시 재생된 놈이 커지기 시작했다. 커진다고 해도 달라질 것이 있을까? 그것이 민혁의 생각이었다.

괴수의 숫자가 반으로 줄었다. 그리고 다시 반으로 줄고, 줄며 줄어든다. 민혁은 자신의 카르마를 폭사시키지는 않았다.

죽인 놈들의 힘을 그대로 역이용해서 그 힘으로 다시 놈들을 빠르게 줄였다.

발라카스는 괴수들을 죽일 때마다 간혹 움찔했다. 그 움찔하는 것이 무엇을 뜻하는지 민혁은 알고 있었다.

그와 종속된 괴수가 죽은 것이리라.

또 다시 공간이 열렸다.

"성가셔."

저 공간이 가장 성가셨다. 민혁이 양 팔을 앞으로 쭈욱 뻗었다. 붉은 차크라 구가 트럭 두 대를 합친 것만큼 커졌다.

그 힘을 공간을 향해 힘껏 던져버렸다.

콰아아아앙!

공간과 부딪치는 순간, 차크라 구는 폭발을 일으켰다. 마치 소형 핵폭탄이 터진 것처럼 주위가 진동을 일으켰다.

그 여파로 주위에 있던 수십의 괴수들이 순식간에 녹아서 사라졌다.

다행이도 공간에서 괴수가 튀어나오는 것을 막아냈다. 방금 쏘아 보낸 힘은 흡수한 힘의 반절 정도를 사용했을 정도다.

괴수의 숫자가 수백으로 줄었다.

"끝났네. 이제."

민혁은 여유롭게 웃었다. 허나, 아직도 이마의 보석이 놈을 죽이는 것이라고 생각하는 것은 변함이 없었다.

어쩌면 놈에게 종속된 놈들이 꽤나 사라진 지금, 그를 막아섰던 그 힘을 뚫을 수 있을 지도 몰랐다.

놈을 죽이지는 않을 것이다. 실험해 볼 뿐.

민혁이 서둘러 놈에게 접근했다. 놈은 민혁이 이제까지 죽였던 화이트 드래곤이나, 블루 드래곤 같은 놈들보다도 훨씬 컸다. 그 때문에 서 있는 것만으로도 강한 위압감을 풍겼다.

민혁이 접근하자 놈이 입을 크게 벌렸다. 그 아가리를 향해서 힘껏 주먹을 내질렀다.

콰아아앙!

뻗어 나간 대포탄이 그 입을 막았다. 민혁이 놈의 머리를 위에서 밑으로 내려 찍었다.

발라카스에게 민혁은 쥐만큼 작은 존재에 불과할지도 몰랐다. 허나, 그 발과 직격 되는 순간 놈은 바닥에 큰 진동을 일으키면서 쳐 박혔다.

쿠우우웅!

놈의 이마의 보석이 다시 번쩍였다. 민혁의 미간이 찌푸려졌다.

붉은 하늘에서 거대한 운석들이 소행성처럼 밝은 빛을 뿌리면서 아프리카의 대지를 향해서 떨어져 내리고 있었다.

"죽기 아니면 까무러치기냐."

사실 민혁이 가장 두려워하는 것은 이런 것이다. 물 불 가리지 않고 능력을 사용할 때. 자칫, 자신이 막지 못하는 것이 있을 수도 있으니까.

민혁은 아직 소행성이 땅과 직격하기 전과는 시간이 남았다고 생각했다. 놈의 이마를 향해서 힘껏 팔을 내리 찍었다.

콰지익!

아까와 마찬가지로 민혁의 앞을 강한 힘이 막았다. 허나, 몸을 타고 흐르는 전류는 분명히 견딜 수 있을 정도였다.

"크흐읍!"

그는 물러서지 않고 팔에 계속 힘을 주었다.

쩌저적!

보이지 않는 그 힘에 거미줄 같은 균열이 쩌적 생겼다.

챙그랑

곧 그 균열은 민혁이 강한 힘을 주자 와장창 깨져버렸다. 그의 주먹이 드디어 놈의 이마에 당도한 순간이었다.

콰아앙!

이마의 그 보석은 단단했다. 마치 망치로 쇠를 내리치듯 그의 팔이 튕겨 나갔다.

민혁이 세 자루의 무형검을 자신의 앞으로 형성시켰다. 그리고 마치 한 자루처럼 세 자루의 검을 응축시켰다.

그는 보이지 않는 무형검을 쥐듯이 양 손으로 잡았다. 그리고는 이마를 향해서 힘껏 찍어눌렀다.

콰아아악!

이마에 정확하게 무형검이 박혔다.

이마에 무형검이 박히자 놈이 거친 비명을 지르면서 포효를 시작했다.

[크롸아아아아악!]

남아있는 괴수들이 민혁을 향해 왕을 구하기 위해 달려들었지만 무형갑 앞에서 맥없이 막힐 뿐이었다.

쿠우우우웅!

쿵쿠웅 쿠우웅!

몸을 일으킨 놈이 몸을 이리저리 뒤흔들면서 민혁을 떼어놓기 위해 안간힘을 썼다. 하지만 그럴수록 민혁은 더욱더 힘껏 무형검을 보석에 깊게 박아넣고 있었다.

민혁은 위를 올려다봤다. 운석이 땅을 향해 빠르게 접근하고 있었다.

그리고 이내 그의 눈이 놈에게 내려갔다가 찌푸려졌다.

놈의 뱀처럼 누런 눈이 번뜩이며 이죽이고 있었기 때문이다.

[어차피 나 괴수의 왕 발라카스는 죽은 몸이다.]

민혁의 미간이 찌푸려졌다. 놈의 몸에서 촉수가 뻗어 나와 나무줄기처럼 민혁을 감싸기 시작했다.

"아, 자폭하시겠다?"

민혁은 태연한 척 했지만 미간을 찌푸렸다. 예전에 여덟의 군주 중 하나인 잭이 검은 용을 이용해서 이와 비슷한 상황을 연출한 적이 있었다.

허나, 검은 용의 폭발과는 견줄 수 없을 정도의 거대한 파장이 예상되었다.

그렇지만 민혁도 예전과는 달라진 것이 분명히 있었다. 그때보다 강해졌으며 그때보다 얻은 것들이 많았다.

투툭!

민혁이 온 몸의 카르마를 끌어올려 놈의 촉수를 끊어내

었다. 하지만 그럴수록 더욱더 많은 촉수가 민혁을 옭아매고 있었다.

단단히 조여맨 촉수. 그리고 곧 있을 폭발.

놈의 몸이 팽창하기 시작했다.

"뒈지려면 혼자 뒈져."

민혁이 작게 중얼거렸다. 그 순간, 공간 하나가 열렸다. 민혁이 연 아나시스의 공간 능력이었다. 그 안으로 힘껏 놈을 끌어당겼다.

놈을 공간 안으로 끌어 당기고 눈을 떴을 때 보인 것은 바다였다.

푸아아악!

놈은 발라카스를 힘껏 바다 안으로 집어넣었다. 그와 함께 다시 한 번 카르마를 힘껏 끌어 올렸다.

방금 전, 끊지 못하는 듯 보였던 행위는 연기에 지나지 않았다.

투툭! 투툭!

모든 촉수가 풀려났다. 민혁은 놈의 주위로 무형갑을 원의 형상으로 형성시켰다. 무형갑이라고 할지라도 발라카스의 자폭을 완전히 막지는 못할 것이다.

허나, 물이 있었다. 물이 놈의 폭발력을 자제시켜 줄 것이다. 만약 무형갑이 둘러지지 않고 물만이 있었더라면 세계는 거대한 해일을 맞이할지도 몰랐다.

민혁은 놈을 발로 힘껏 차냈다. 그리고는 허공으로 높이 뛰어올랐다.

좌아아악!

물에서 빠져나온 민혁은 이내 폭탄이 터진 것처럼 바닷물이 솟아오르는 것을 볼 수 있었다.

"쿨럭!"

그의 입에서 피가 흩뿌려졌다. 그는 무형갑이 부서지지 않게 힘을 집중했다. 카르마의 상당량이 소진되고 있었다.

그는 하늘에 닿을 정도로 높게 솟아오르는 물줄기를 보면서 입가를 닦았다.

이 정도라면 해일은 없을 것이다. 그는 다시 공간을 열고 아프리카로 돌아왔다.

그는 주위를 둘러봤다. 다행이었다. 놈이 죽으면서 주위에 남아 있던 괴수들이 본래 있던 던전으로 도망치듯 뛰어가고 있었다.

그와 마찬가지로 아프리카의 대지로 떨어져 내리던 운석들이 형체도 없이 사라져 있었다.

민혁은 비틀거리면서 바닥에 풀썩 무릎을 꿇고 앉았다.

"좆 될뻔 했네…."

힘이 하나도 남아 있질 않았다. 인피니티 건틀릿에 축적

된 카르마가 있기는 했지만, 몸에 내재된 카르마는 겨우겨우 서 있을 정도 밖에 남지 않은 것 같았다.

"후우우…."

그는 품에서 담배를 꺼내 입에 물었다. 불을 붙여 허공을 올려다봤다.

붉었던 하늘이 다시 푸르게 돌아오기 시작했다. 서서히 붉은 빛이 걷힌 하늘은 다시 뜨거운 햇빛을 내리쬐기 시작했다.

"덥다."

그는 연기를 허공에 뿜으면서 픽 웃었다.

주위에 널부러진 괴수들의 부산물을 보았다. 예정보다 빨리 대한민국으로 돌아가야 해서 걱정이 조금 있었는데, 오늘 아프리카의 어마어마한 괴수들을 죽였다.

아마도 당분간 아프리카에 웨이브로 괴수가 풀려나는 일은 없을 것 같았다. 또 이 정도 부산물이라면 커넥터 길드에서 아주 좋아할 것이다.

"버텼겠지."

민혁은 마지막 연기 한 모금을 뿜어내고는 쓰러지듯이 바닥에 고개를 파묻었다. 대한민국은 버텼을 것이다.

눈만 꿈뻑이는 그는 눈꺼풀이 감겼다. 졸음이 쏟아지고 있었다.

시크릿 에이전트도, 휘페리온도, 13인의 퍼스트 클래스들도 만신창이였다. 더 이상 그들은 손가락 하나 까딱할 힘이 없을 정도였다.

지금도 괴수의 공격을 막아내는 것이 오히려 신기할 정도로 정신력 싸움이었다.

아무리 지원계 각성자들이 회복계 능력을 걸어줘도 몇 분이 채 되지 않아 똑같은 상황이 벌어지고 있었으며 지원계 각성자들의 차크라는 빠른 속도로 바닥을 드러내고 있었다.

"끄으응…."

오중태의 빛과 같은 움직임의 속도가 현저하게 느려졌다. 그는 검을 잡은 손이 부들 부들 떨리는 것을 느꼈다.

한계다. 당장이라도 침대 위에 쓰러져서 자고 싶었다.

지원병력이 오고 있기는 했지만 그들은 숫자만 많을 뿐이었지 물량공세에 맥없이 밀려나기 일쑤였다.

"민혁이만 있었으면…."

갑자기 어디론가 휙 사라진 놈이 원망스러울 때였다. 괴수들이 갑자기 비명을 지르면서 도망치기 시작했다.

"응?"

놈들이 하나같이 비명을 지르면서 도망을 치자 중태뿐만 아니라 놈들을 막고 있던 모든 이들이 의아한 표정을 지을 수 밖에 없었다.

놈들은 하나 같이 자신들이 있었던 던전으로 돌아가고 있었다.

"어떻게 된 일이지?"

그들의 표정은 이해할 수 없다는 듯 아리쏭했다.

"괴수의 왕 발라카스가 아프리카에 나타났다. 놈은 모든 괴수를 부린다. 단순히 부린다는 개념만 있는 놈은 아니지. 신들도 놈은 어쩌지 못했을 정도니까."

미혜의 옆으로 알렉스가 나타났다.

"헤… 다 끝나니까. 왔어요?"

미혜의 목소리가 조금 틱틱 거렸지만 알렉스는 알아채지 못했다.

"아프리카에서 놈이 나타났었고 강민혁이 놈을 죽였다. 그로 인해 지배당하던 괴수들이 다시 도망을 치는 거지."

"아…."

미혜가 고개를 끄덕였다. 오중태가 풀썩 바닥에 주저앉았다.

"그 말은 강민혁이 늦게 죽여서 이렇게 된 거란 말이네. 썩을 새끼."

중태가 혀를 끌끌 차면서 뒤로 벌러덩 자빠졌다. 미혜도 이내 피곤에 지친 듯 주저앉았다. 사방에서 주저 앉거나 뒤로 벌러덩 넘어가는 이들이 속출했다.

"마, 마하엘 님 여기서 주무시면…."

"닥쳐. 나 호텔에 데려다 놔."

넘어가는 이들은 대부분 13인의 퍼스트 클래스나 그 이상의 강자들이 대부분이었다. 그들이 가장 최전방에서 일당 백의 역할을 맡았었기 때문이다.

"푸르르르."

그대로 골아 떨어지는 중테를 보면서 알렉스는 픽 웃었다.

"그래도 용케 놈을 죽이는 방법을 알아냈군."

알렉스는 쓴웃음을 지었다. 이제 내일 쯤, 강민혁은 돌아올 것이다.

새근새근 잠이 든 김미혜를 보던 알렉스의 미간이 찌푸려졌다. 그는 자신의 심장을 움켜쥐었다.

두근! 두근! 두근!

심장이 격하게 요동치기 시작했다. 그의 온 몸의 세포가 멈추듯이 몸이 경직되었다. 그의 등 뒤로 식은 땀이 줄줄 흐르기 시작했다.

그의 고개가 아주 천천히 뒤로 돌아갔다. 그리고 사람들의 틈에 섞여 있는 한 사내와 눈이 마주쳤다.

사내를 보는 순간 알 수 있었다. 파괴신이었다. 파괴신이 바로 자신의 앞에 있었다. 알렉스는 입술을 깨물었다.

'빌어먹을….'

자신이 죽으면 계승자의 자리를 강민혁이 받지 못하게

된다. 밖으로 나온 안일함 때문에 계획되었던 모든 일이 수포로 돌아가게 생겼다.

자신은 절대 파괴신을 죽일 수 없다. 아니 그 어떠한 신도 그를 죽일 수는 없을 것이다. 그도 듣기만 한 이야기였지만 파괴신의 무위는 상상을 초월했다.

"응…?"

하지만 생각과 다르게 파괴신은 유유히 사람들의 틈으로 사라졌다. 알렉스는 자신의 눈을 꿈뻑이는 몇 번의 순간의 찰나에 사라진 그를 쫓았다.

"대체 왜."

알렉스는 이해할 수가 없었다. 파괴신이 여기에 온 이유는 무엇일까. 자신을 죽이거나 혹은 강민혁을 죽여서 절대신의 자리에 오르려는 것이 아니었던가?

알렉스는 도통 이해할 수 없다는 표정을 짓고 있었다.

"빌어먹을."

그는 품으로 손을 뻗었다. 담배갑을 꺼내는 그의 팔은 여전히 미세하게 떨리고 있었다.

❖ ❖ ❖

파괴신은 분산한 거리를 걷고 있었다. 울음으로 가득 찬 소리와 다급한 목소리들이 대부분이었다.

각성자들이 서둘러서 건물의 잔해에 깔린 이들을 구출하기 위해 나서고 있었고 119구조대에서도 발 빠르게 움직이고 있었다.

"빌어먹을."

119구조대원 중 한 사람인 노대호는 입술을 질끈 깨물었다. 건물 밑에 분명히 사람들이 꽤나 많이 있을 것으로 예상되었다.

각성자들의 힘을 빌어서 무너진 돌들을 들어 올리는 작업을 해야 하지만 문제는, 돌들의 방향이 좋지 않았다.

자칫 잘못 손대었다가 균형이 어긋나서 그대로 우르르 무너져 안의 사람들이 모두 죽을 지도 몰랐다.

그렇다면 방법은 하나였다. 이 빌딩의 무너진 잔해들을 한 번에 들어 올려서 옮기는 것이다. 하지만 그 정도의 능력이 가능한 자들은 휘페리온이나 시크릿 에이전트, 코리안 나이트 강민혁 쯤이나 되어야 할 것이다.

그들은 며칠은 움직이지 못할 것이다. 오늘의 피 터지는 싸움 때문에 그들도 많이 지쳤을 테니까.

휘페리온은 빠르게 돕기 위해 노력할 테지만 문제는 오늘 하루에도 몇 사람이 죽을 거라는 사실이었다.

역시나 방법은 없었다. 최대한 조심스럽게 돌들을 걷어내는 작업을 한다.

"장비 가져와서 작업 시작해."

"예? 하지만 대장님, 각성자들이 이렇게 많은데요."

뭣모르는 신참이 의아한 표정을 짓고 있었다. 굳이 각성자들이 많은데 왜 기계의 힘을 빌리냐는 것이었다.

"각성자들의 차크라는 기계만큼 견고하진 못해. 한 번이라도 삐끗하면 안에 있는 사람들 모두가 죽는다."

"아…."

노대호는 각성자들의 염력을 이용해 돌을 들어올려 옮기는 현장에 몇 번 있었고 그들의 컨트롤이 삐끗하는 순간 건물이 무너졌던 것을 한 두 번 본 것이 아니다.

하나는 그들의 자만심과 방심 때문이었고, 또 하나는 견고하게 컨트롤을 하지 못하는 그들의 실력 문제였다.

하지만 결국 기계로 하는 것도 한계에 부딪치게 될 것이었다. 그래도 가만히 앉아서 손가락만 빠는 것보다는 나을 것이다.

막 노대호가 움직이려 할 때 한 사내가 시선에 들어왔다. 그는 미간을 찌푸렸다.

"저기요, 아저씨. 마음은 알겠는데 저희를 믿고 조금만 기다려 주십시오."

그는 빌딩에 깔린 이 중 그의 소중한 누군가가 있어서이지 않을까 싶었다.

하지만 사내는 미동도 하지 않고 있었다.

파괴신은 가만히 빌딩을 바라보았다. 이 안에서 울음소

리가 들렸다. 그것은 아직 태어난지 200일이 채 되지 않을 것 같은 아이의 울음 소리였다.

아이를 달래는 한 여인의 목소리도 들렸다. 그뿐만이 아니라 수많은 목소리가 살고 싶다며 절규하고 있었다.

그가 손을 들어 올렸다. 그 순간이었다. 노대호는 기겁을 하면서 뒤로 물러날 수 밖에 없었다.

빌딩 하나가 무너져 내린 잔해들이 전부 허공에 두둥실 떠올랐다.

말도 안 되는 장관이었다. 사내는 잔해들을 허공에 올리면서도 견고하게 컨트롤 하는 것을 잊지 않았다.

그는 매우 조심스러웠으며 노련했다. 수 천 여개의 빌딩의 잔해들을 컨트롤하면서도 힘든 기색 하나 보이지 않았다.

빌딩의 잔해들을 그는 사방에 옮겼다.

"사, 살았다…!"

"와!"

밑에 깔려서 겨우 숨을 붙이고 있던 사람들이 탄성을 터뜨렸다. 그 틈에서 파괴신은 어린 갓난 아이를 안고 있는 여인을 볼 수 있었다.

"고, 고맙습니다."

파괴신은 여전히 무표정했다. 119구급대원들과 각성자들은 깜짝 놀라 입이 벌어졌지만 서둘러서 그들을 옮기기 시작했다.

부상자가 많았다, 어떤 이는 다리가 깔려 있어서 뭉개져 있었고, 어떤 이는 팔이 뭉개져 있었다. 더 가슴 아픈 것도 있었다. 한 사내의 시신의 손을 꽉 잡고 있는 여인이 있었는데, 남자는 머리가 완전히 뭉개져 죽어 있었고 여인은 남자의 곁을 떠나지 않고 그의 손을 잡고 있는 모습이었다.

"제길."

노대호는 끔찍한 참상에 입술을 깨물었다. 사람들이 빠르게 벗어났다. 파괴신은 다시 걷기 시작하였다.

한층 진정이 되자 노대호는 주위를 둘러봤다. 아까의 그 남자를 찾는 것이었다. 허나, 그 어디에도 파괴신의 모습은 보이지 않았다.

✤ ✤ ✤

몸이 천근만근처럼 무거웠다. 깨어나고 싶지 않았다. 더 자고 싶었다. 그렇지만 머리는 일어나야 한다고 말하고 있었다.

민혁의 눈꺼풀이 천천히 올라갔다. 그리고 그의 눈에 비추어진 것은 얼마 전 헤어졌던 에이미의 얼굴이었다.

에이미는 물기를 머금은 수건을 플라스틱 통에 쭈욱 짜고 있었다.

"어머, 일어났어요?"

그가 상체를 일으키자 에이미가 작게 웃었다. 그는 주위를 둘러보았다. 이스랑거 마을은 아닌 것이 분명해 보였다.

이내 마이클이 안으로 들어왔다. 민혁이 이마에 손을 짚었다.

아마도 커넥터 길드인 것 같았다.

에이미가 자신을 찾아왔다. 우연인 것 같지는 않았다. 하긴, 아프리카에서 그 난리를 쳤다. 아마도 커넥터 길드도 다른 누구도 이제는 자신의 정체를 얼핏 알 것이었다.

코리안 나이트 강민혁.

"당신이 강민혁이었다니."

민혁의 지금 모습은 본래의 모습이었다. 에이미는 적지 않게 놀란 모습이었다.

"제가 공론화한 거 아닌 거 아시지요?"

마이클이 어색하게 웃었다. 민혁은 고개를 끄덕이며 몸을 일으켰다. 바깥을 보니 노아도 서 있었다.

아마도 노아와 에이미가 자신을 치료해준 것 같았다.

"두 사람에게 당신의 선물은 잘 전달했습니다."

민혁은 고개를 끄덕였다.

"잘 쓸게요."

에이미가 민혁의 손을 부드럽게 잡으면서 한 말이다. 그러다가는 아차 하며 손을 빼냈다.

"참, 여자친구 있으시지!"

그녀가 장난스럽게 웃었다. 민혁도 픽 웃을 수 밖에 없었다. 아프리카에 자신이 있었다. 라는 사실이 퍼질 것이다.

그뿐만이 아니라 세계의 매스컴에도 오를 것이었다. 최대한 빨리 대한민국으로 돌아가야만 했다.

"배고프군."

민혁은 자신의 배를 어루만졌다.

"조금만 기다리시죠."

마이클이 밖으로 나갔다. 얼마 지나지 않아 그는 빵을 가져왔다. 민혁은 입으로 망설이지 않고 빵을 밀어 넣었다.

"며칠 지났죠?"

"반나절입니다. 회복속도가 무척 빠르시더군요."

노아도 들어왔다. 노아는 그의 차크라가 차오르는 속도를 보면서 한 번 놀랐고, 그의 몸 속 안에 있는 힘이 차크라가 아니라는 것을 알고 두 번 놀랐으며 그 양에 세 번 놀랐다.

그는 누가 보아도 이미 인간의 경지를 넘어선지 오래인 것 같았다.

"이미 언론에는 알려졌습니까?"

"네."

노아는 망설이지 않고 답했다. 아마 대한민국으로 돌아가면 꽤나 피곤해질 것 같았다.

"제가 드린 힘. 좋은 곳에 사용해주십시오."

민혁이 마지막 빵을 입에 넣으면서 한 말이었다.

"물론입니다."

노아는 생긋 웃었다. 마이클과 에이미도 웃었다. 그들은 방금 전 아주 작은 바람이 스치고 지나갔다는 것을 알 수 있었다.

에이미는 그러지 않기를 바라면서도 알고 있었다. 천천히 고개를 돌렸다. 그곳에 코리안 나이트 강민혁은 홀연 듯 자취를 감추고 없었다.

마치 애초에 존재하지 않았던 것처럼.

에이미는 천천히 바깥으로 나갔다. 사실 이제 에이미와 노아, 다른 자원봉사자들도 미국으로 돌아가야 할 때였다.

강민혁이 준 특별한 힘. 그 힘을 에이미는 헛되이 사용하지 않을 것이다. 앞으로 계속해서 그 힘을 이용해 이곳 아프리카를 지킬 것이었다.

"꿈만 같아."

정말 꿈만 같았던 아프리카의 며칠 간의 생활이었다. 자신의 마음을 흔든 동양인 남자를 만났고, 영화처럼 구출되었으며 자신의 가치관에 변화가 어느정도 생겼다.

또 악역을 맡았던 앤더슨은 깨끗이 물러났고 악역의 우두머리 격인 것 같았던 아프리카를 붉은 하늘로 물들이게 만들었던 사내도 강민혁이라는 사내의 손에 죽었다.

다시 한 번 이런 꿈만 같은 날이 자신에게 올 수 있을까? 아마도 없을 것이다.

그녀는 천천히 자신의 두 손을 모아 자신의 가슴 위에 올렸다.

"당신은 모든 걸 헤쳐나갈 수 있지 않을까요."

코리안 나이트 강민혁이 막대한 무언가를 짊어지고 있다는 것은 세계의 많은 이들이 알고 있었다.

하지만 그 막대한 무언가가 어떤 것인지 사람들은 깊게는 알지 못했다.

그렇지만 그라면. 에이미가 보았던 강민혁이라는 사내라면 충분히 헤쳐나갈 수 있지 않을까.

3.혼돈의 시작

NEO MODERN FANTASY STORY

RAID
신의 탄생

레이드

N E O   M O D E R N   F A N T A S Y   S T O R Y

자칸은 고개를 파묻고 있었다. 그의 앞에는 평소처럼 마신 엘레베르가 있거나 하지는 않았다. 하지만 그는 누군가를 모시듯이 머리를 땅에 박은 채 시선을 위로 올리지 않았다.

[시행하라.]

마치 해리포트라는 영화의 볼트모트라는 악인의 목소리처럼 음산한 목소리가 공간에 맴돌았다. 자칸은 더욱더 고개를 조아렸다.

자욱한 연기가 피어오르기 시작했다. 그 연기는 자칸의 몸 주위를 감쌌다.

그의 힘이 몸 주위를 훑고 지나간다. 그것은 마약처럼 몽롱한 느낌을 주며 자칸을 더욱더 강인하게 만들어준다.

그는 본래 마신 엘레베르의 신하가 아니었다. 자신이 모시는 그분은 그 어떤 신도 대적할 수 없는 분이셨다.

모든 것은 그 분의 계획대로 돌아가고 있었다. 절대신의 계승자도, 빼앗기 위해 서로 혈육을 벌이고 있는 신들도. 그리고 이제 곧 있을 마신의 죽음마저도.

피어오르던 연기가 사라졌다. 그분께서 가셨다는 것을 알 수 있었다. 그는 고개를 더욱더 바닥에 묻은 채 중얼거렸다.

[만족스러운 결과를 보여드리겠습니다. 코스모스시여.]

자칸이 몸을 일으켰다. 그가 재가 되어서 스르르 사라졌다. 눈을 떴을 때 그는 마신 엘레베르의 앞에 있었다.

엘레베르는 자신의 자리에 앉아 그를 내려다보고 있었다. 자칸은 가식적으로 고개를 바닥에 파묻었다.

[괴수의 왕이 죽었구나.]

엘레베르의 미간이 찌푸려졌다. 그녀의 분노어린 목소리가 공간을 울렸다. 그녀도 사실 놀랐다. 괴수의 왕 발라카스를 계승자가 죽였다.

그 정도로 계승자는 강해졌다는 의미인가? 아니면 그저 운이 좋았다는 것인가.

하지만 그녀는 픽 웃었다.

[대단하구나.]

자신이 준 능력이었지만 자칸은 천재적인 자였다. 마신인 엘레베르도 깜짝 놀랄 정도로. 자칸은 총 세 가지의 문을 준비해놨고 그 중 하나의 문만이 개방되었을 뿐이다.

그 하나의 문에서 나왔던 존재가 괴수의 왕이다. 두 번째, 세 번째는 더욱더 강한 존재들일 것이다.

그 존재들이 아직 남아있었다. 여유는 분명히 있었다.

[과찬이십니다.]

자칸은 여전히 고개를 파묻고 있었다.

[두 번째는 어떤 존재인가.]

자칸은 천천히 고개를 들어 올렸다.

❖ ✦ ❖

오재원은 한숨을 뱉었다. 유리창 너머. 활인길드 본부의 바로 앞으로 국민들이 시위대를 형성하고 있었다. 경찰은 발빠르게 병력을 투입시켰다. 경찰 버스나, 혹은 최루탄을 섞은 물대포. 의경들을 투입시켜서 그들의 시위를 철저히 막아내고 있었다.

사람들이 죽어 나갈수록 거센 시위가 전국적으로 일어나고 있었다.

어떠한 이들이 추종하고 있었다. 이 모든 일의 원흉은 강민혁이 세상의 이치를 깨고 젊은 자의 몸을 얻게 됨으로써 벌어진 일이라고.

말도 안 되는 개소리 같기도 했지만 오재원은 사실 완전히 부정할 순 없었다. 민혁의 말을 들어보면 지금 현재 일어나는 모든 일들은 신들의 권력 다툼에 의한 것이었으며 그 때문에 괜한 사람들이 죽어 나가는 것이 사실이니까.

한편으로는 오재원도 가슴이 답답했다. 자신도 한 명이라도 더 구하고 싶었으며 한 명이라도 더 죽지를 않길 바랬던 사람이었으니까.

문이 열리면서 누군가 들어왔다. 오재원은 그를 돌아보면서 픽 웃었다.

강민혁이었다.

"간만이네."

민혁이 돌아온다는 말은 들었다. 그는 들어오자마자 자리에 앉았다.

"아프리카에서 한 건 했더라."

민혁은 묵묵히 고개만 끄덕이며 담배를 입에 물었다.

"아프리카에서는 영웅이라 부르고, 지금 국민들은 재앙이라고 부른다. 하여튼 사람들."

오재원은 민혁이 신경을 쓸까 싶어서 슬쩍 눈치를 보면서 한 말이었다.

"돌려 말하지 마. 나 때문에 사람들 죽은 거 나도 안다."

민혁은 픽 웃었다. 신들의 권력 다툼. 그리고 그 중심에 있는 자신. 그는 이 희생이 끝나는 방법은 오롯이 한시라도 빨리 자신이 절대신의 자리를 받는 것이라는 걸 알았다.

그래야 어느정도 교통정리가 이루어질 테니까. 하지만 그것이 말처럼 되는 것은 아니라는 게 문제다.

"미안하다."

민혁은 허공에 연기를 뿜으면서 말했다.

그 뜻이 무엇인지 재원은 알았다. 이 모든 것을 솔직히 감당해야 하는 것은 오재원이었다. 세계에서도 계속해서 큰 피해가 일어나자 오재원에게 정말 이 원흉이 강민혁이 아닐까하는 불안한 목소리를 내고 있었다.

'그렇다고 민혁이를 어떻게 해? 말도 안 되지.'

오재원은 속으로 웃었다. 그들은 강민혁을 비난하는 한 편이면서도 정작 그를 어떻게 하라는 말은 뱉지 못했다.

그가 얼마나 소중한 전력인지 아는 것이다. 단, 그들은 활인을 압박하는 것은 잊지 않았다. 아무리 강하게 솟아오르는 활인이라고 할지라도 명분이 생기면 충분히 뜯어 먹혀 질 수 있었다.

오재원은 빙긋 웃기만 했다. '친구끼리 뭘.' 이라는 말로 위로를 하기에는 죽은 사람들에게 너무 가벼운 말이 될 지도 모르니까.

민혁이 몸을 일으켰다.

"같이 밥 안 먹고 가냐?"

"알렉스와 접선하는 게 먼저야. 이곳에 파괴신이라는 자가 들어와 있다고 하더군."

"파괴신…?"

파괴신. 재원은 미간을 찌푸렸다. 또 어떠한 일이 생기려고 이러는지 한숨이 나올 뻔 한 걸 겨우 참았다.

"깽판치기 전에 어떻게든 찾아내서 없애야지."

재원은 문을 열고 나서는 그의 뒷모습을 보았다. 자신도 일이 산더미처럼 쌓였지만 그도 만만치 않아 보였다.

오늘따라 친구의 등이 한없이 초라해 보였다. 세계에서 가장 강하다고 할 수 있는 놈인데.

"어깨 펴, 새꺄."

그가 나서고 재원은 중얼거리듯 말했다.

❖ ❖ ❖

알렉스와 미혜가 있는 전원주택 앞에 차가 멈추어섰다. 미리 나와 있던 두 사람이 그를 반겨주었다.

함께 안으로 들어갔다. 미혜는 얼그레이라는 따뜻한 차를 투명한 유리 주전자에 담아서 가져왔다.

"내가 요새 이 차 맛에 아주 빠졌지."

알렉스는 찻잔을 들어 입술을 적셨다.

"파괴신은 또 뭡니까."

하루가 마다하고 일이 생기는 마당이었다. 지긋지긋하기 그지없었다.

"어떠한 신도 대적할 수 없는 자. 차원을 통틀어 가장 흉폭한 신. 그리고 가장 강한 신. 그것이 파괴신이다. 그는 다른 차원에서도 온전한 힘을 발휘한다. 100의 힘을 사용한다고 볼 수 있지."

"그런데 말입니다."

민혁은 미간을 찌푸렸다.

"어째서 움직이지 않습니까."

"그게 의문이지."

알렉스와 민혁은 알지 못했다. 파괴신과 엘레베르의 대화 자체를 말이다. 파괴신은 강한 자를 좋아했고, 과연 그가 자신과 견줄 수 있는 자인지 시험을 보고 있는 것이라고.

그가 세 개의 문을 헤쳐서 이긴다면 파괴신이 그를 찾아올 것이다.

"하나 확실한 건 있지."

알렉스의 표정이 진지해졌다.

"얻으려는 게 있으니까. 온 것이지 않겠어?"

민혁은 고개를 끄덕였다.

"그를 쫓을 순 있습니까?"

가장 중요한 것이었다. 애석하게도 알렉스는 고개를 저었다.

"불가능해."

알렉스는 파괴신이 이곳 차원으로 넘어왔다는 것만 알고 있었다, 그리고 얼마 전에 그를 보았다.

"뭔가 이상해."

그가 미간을 찌푸리면서 다시 찻 잔을 들어서 한 모금 입을 축였다.

"무엇이 말입니까?"

"얼마 전에 파괴신과 마주했다. 분명하게."

파괴신과 알렉스가 마주했었다. 민혁은 깜짝 놀랐고 의아했다. 그는 몸에 생채기 하나 없이 멀쩡했기 때문이다.

"나를 보고서도. 내가 절대신이라는 것을 알면서도 나를 죽이지 않았다. 나를 죽였다면 파괴신은 절대신이 되었을 것이다."

의문투성이이다. 그것은 즉, 파괴신은 신의 자리에는 관심이 없다는 것이 될 것이다.

민혁이 턱을 어루만졌다. 그러던 중 알렉스가 이상한 반응을 보였다.

"도대체 왜 이런 일이 일어나는지 모르겠군."

그는 픽하고 웃음을 흘렸다. 그는 자신의 차원에서 일어나는 대부분의 일은 알고 있었다.

아직 그 정도 힘은 남아있었다. 그는 분명히 느꼈다.

"마계의 문이 열렸다."

마계의 문이 열렸다는 말에 민혁은 몸을 일으켰다. 자신은 계속해서 기다리고 있었다. 마계의 문이 열리기만을.

마계의 문이 열리면 그곳으로 넘어가서 마신을 죽이면 된다. 그렇다면 앞으로의 일은 어느정도 순탄하게 풀릴 것이다.

사실 이번에 괴수의 왕을 죽일 당시에는 그가 나온 문에서 마기가 느껴지지 않았다. 즉, 일부러 마계가 아닌 다른 차원을 우회시켜서 놈을 보낸 것이리라.

하지만 지금은 정확히 마계의 문이 열렸다고 알렉스가 말하고 있었다.

"무엇이 보입니까?"

알렉스는 신경을 그곳에 집중하고 있는 모습이었다. 그는 천천히 눈을 감았다.

이곳과 머지 않은 곳에서 마계의 문이 열렸다. 그곳은 아주 조용한 바닷가 쪽이었다.

그리고 이내 인간체를 한 마족 남녀가 안에서 걸어 나오는 것을 확인할 수 있었다. 절대신의 미간이 찌푸려졌다. 그는 강민혁을 지켜보면서 그가 이제까지 겪었던 일들을 알고 있었다. 두 마족은 민혁의 기억에서 익숙한 존재들이 분명하다.

"알란과 헨더. 두 존재를 알고 있겠지?"

민혁의 얼굴이 와락 일그러졌다. 마계의 문에서 놈들이 걸어 나왔다.

헌데 우스운 것은 알란이나 헨더라는 마족은 자신에게는 식은 죽을 떠먹는 것처럼 나약한 존재에 불과하다는 사실이었다.

그런 그들을 어째서 다시 살린 후에 이곳으로 보냈을까.

"시간이 없어. 곧 닫힐 거야."

그런 생각을 하기도 전이었다. 알렉스와 민혁, 미혜. 세 사람이 함께 움직일 수 밖에 없었다. 마계의 문이 열린 지금 최대한 빨리 움직여 마계로 넘어가야 했다.

세 사람이 순식간에 그곳에서 사라졌다.

❖ ❖ ❖

마신의 탑의 꼭대기 층의 의자에 앉아있는 마신 엘레베르는 고개를 갸웃해 보였다.

[흐음.]

자칸은 분명하게 말했다. 알란이나 헨더라는 마족이 두 번째 문에서 나오게 될 존재들이라고. 그리고 그 두 존재에게는 역사상 가장 강력했던 마신의 힘이 고루 깃들어 있다고 말이다.

역사상 가장 강했던 마신. 확실히 그러면 괴수의 왕인 발라카스보다 훨씬 더 강력한 무위를 보일 수 있을 것이다.

마계의 차원의 역사는 수억 년 이상이었다. 자신은 그런 마신의 대를 따지자면 애송이에 불과한 여인일지도 몰랐다.

그 때문에 절대신의 자리에 도전함으로써 마신의 한 자리를 꿰었던 존재로써 앞으로 후손들에게 영원한 찬사를 받고 싶은 마음의 엘레베르였다.

[그런데 굳이 어째서 알란과 헨더인가.]

엘레베르는 턱을 어루만졌다. 알란이나 헨더라는 마족은 분명히 죽은 자들이다. 자칸의 말에 따르면 죽은 그 두 사람이 마신을 받아들이기에 가장 적합한 육체를 지니고 있기 때문이라고 한다.

일단은 수긍했다. 왜냐하면 자칸의 머리는 자신의 생각 이상으로 비상했고, 그가 추진하는 일에 마신인 자신조차도 끼기 힘들정도로 복잡하고 어려운 것들이 많았기 때문이다.

하지만 의문은 분명히 있었다. 왜 하필, 약하디 약한 두 존재의 몸에 역사상 가장 강력한 마신이 깃들 수 있는가?

아무리 가장 적합한 육체를 가졌다고는 하지만 애초에 약했던 육체로 마신의 힘을 버틸 수 있는 것인가.

아니면 자칸이 다른 생각이 있는 것인가? 사실 그녀는 자칸을 크게 의심하지 못하고 있었다. 그는 충성스러운 신하였으며 태어났을 때부터 자신에게 종속된 매개체였기 때문이다.

그런 그가 무언가 꾀하려 한다는 생각 자체를 하지 못하고 있는 것이다.

[자칸.]

그녀는 빈 허공에서 그의 이름을 불렀다. 자신의 부름에 그는 평소 빠른 시간 내로 응답했다.

하지만 5분이 지나고 10분이 지나도 자칸은 응답하지 않았다.

[자칸.]

그를 다시 불러보았다. 계속해서 그를 불렀다. 하지만 자칸은 응답하지 않고 있었다.

그제야 엘레베르는 뭔가 알아챘다. 자칸이 다른 무언가를 꾸미고 있다!

그녀가 벌떡 몸을 일으켰다.

[설마….]

그녀는 불길한 예감이 드는 것을 느꼈다. 지금 하나 확실한 것은 있었다. 현재 마계의 문이 열려있다는 것이다.

민혁, 알렉스, 김미혜의 시선이 한 곳에 고정되어 있었다. 그들의 시선 끝에는 남녀의 모습을 한 마족들이 걸어 나오고 있었다.

민혁의 미간이 찌푸려졌다. 알란과 헨더. 수 년 만에 재회였다. 둘 모두 인빈이던 당시에 그에게 너무나도 쉽게 양단되었다.

더군다나 그때의 인빈은 결국 인간의 힘을 가진 자에 지나지 않았다는 것이다.

이상했다. 알란과 헨더에게서 강한 힘이 느껴지지 않았다. 괴수의 왕이나 혹은 이제까지 상대했던 놈들에게서 느꼈던 힘이 전혀 느껴지지를 않았다.

그저 예전과 다를 바 없는 조무래기 같은 느낌이었다. 그럼에도 놈들은 비릿하게 웃고 있었다.

[치욕이 떠오른다.]

알란은 자신의 메마른 입술을 검은 혀로 날름 핥았다. 헨더는 봉긋하게 솟아오른 자신의 가슴 앞으로 양 팔짱을 낀 채 여유롭게 민혁을 바라보고 있었다.

"도대체⋯."

이상했다. 무언가. 하지만 그것을 생각할 틈도 주려 하지 않았다. 마계의 문이 닫히려고 하고 있었다.

민혁은 알렉스를 돌아봤다. 그가 작게 고개를 끄덕였다.

눈빛으로 답한 민혁이 빠르게 달렸다. 그는 알란을 향해서 주먹을 휘둘렀다. 알란은 피해내지 못했다.

그 정도로 민혁은 빨랐고 알란은 강하지 못했다.

퍼직!

알란의 머리통이 너무나도 허무하게 부서져 버렸다. 옆에 선 헨더의 복부를 향해서 손을 꽂아 올렸다.

그녀의 복부가 관통되었다.

[끄읍….]

그녀를 바닥으로 던져버린 민혁은 마계의 문을 바라봤다. 그가 힘껏 뛰어올랐다. 막 닫히기 전에 그는 마계의 문 안으로 들어갈 수 있었다.

"…함정인가."

민혁이 마계의 문으로 들어가고 알렉스는 턱을 어루만졌다. 분명히 무언가 이상한 상황이기는 하였다.

그렇지만 지금 당장 마계에서 민혁을 대적할 존재가 없다는 것이다. 그렇기에 마신 엘레베르가 일부러 자신이 있는 곳으로 오게 하려고 했다는 것은 불가능해 보였다.

"그렇다면 뭐지?"

알란과 헨더. 그 둘이 허무하게 죽었다. 마치 그 둘은 그저 허수아비에 불과했고 일부러 마계로 넘어오라고 누군가 신호를 준 것 같았다.

"불길하군."

알렉스의 말에 미혜는 불안한 표정으로 민혁이 사라진 문을 바라봤다.

❖ ❖ ❖

마계로 넘어온 민혁의 눈앞에는 웅장하게 솟아 있는 탑이 하나 있었다. 마신의 탑이었다. 예전에도 이곳에 왔을 때 본 적이 있었다.

그의 미간이 찌푸려졌다. 왜 자신이 있던 차원과 연결된 곳이 마신의 탑의 앞일까.

의심보다는 일단은 들어가 보기로 하였다.

마신의 탑은 다양한 마물들로 가득 차 있었다. 하지만 그 마물들이 민혁을 막을 수 있을 리는 없었다.

모두가 추풍낙엽처럼 순식간에 쓸리기 시작했다. 민혁은 마물들의 틈을 헤치면서 멈추지 않고 마신의 탑을 뛰어오르고 있었다.

그것은 아주 순식간이었다. 그는 순식간에 꼭대기 층에 당도할 수 있었다. 꼭대기 층에 당도한 민혁은 앞을 막아선 숫자 넷의 마족들을 볼 수 있었다.

그들은 자신이 죽인 적이 있던 군주들과 흡사한 느낌을 주었다.

"새로 뽑혔나? 결국 군주는 돌아가면서 해 쳐 먹는 존재 군."

민혁은 픽 웃었다. 군주들은 당혹한 표정을 짓고 있었다. 마계의 문으로 계승자가 들어왔다. 누가 마계의 문을 열었는가.

정확한 사실은 알지 못하지만 앞의 계승자를 막고 마신 엘레베르를 지켜야 했다.

하지만 아주 찰나의 순간이었다. 민혁은 군주 넷을 순식간에 죽여 버렸다.

거대하고 검은 철문이 솟아 있었다. 철문의 높이는 7m 정도였다. 웅장하고 높게 솟아오른 철문의 중앙에는 마신을 나타내는 문양이 새겨져 있었다.

민혁은 발로 문을 밀어버렸다. 문이 열리면서 길게 뻗어 있는 마신의 방이 모습을 드러냈다.

검은 카펫을 쫓아서 시선을 옮기자 그 끝에 깜짝 놀란 표정의 마신 엘레베르가 있었다.

"오랜만."

민혁은 손을 들어 올려 보였다. 분명히 무언가 이상한 것이 있었다. 하지만 자신은 마신의 탑의 존재들을 모두 죽이고 마신과 만나게 되었다는 것이다.

"날 왜 불렀지?"

민혁은 미간을 찌푸렸다. 마계의 문을 열었다. 그녀나

아니면 그녀를 통해서 다른 누군가가 열었을 지도 모른다.

헌데, 문을 열면 자신이 들어올 것을 엘레베르도 알고 있었을 것이다. 그런데 굳이 연 이유가 무엇이란 말인가?

엘레베르의 표정이 사색이 되었다. 그녀는 입술만을 달싹였다. 자신이 거느린 군주가 배신을 했다라고 말할 수 없었다.

그리고 그 이유조차도 생각할 수가 없었다. 어째서 그는 자신을 배신했는가? 자신이 죽으면 자칸이 얻는 것이 있기라도 한 것인가?

['설마 마신의 자리에….']

자신이 죽으면 마신의 자리는 다른 누군가에게 넘어갈 것이다. 그렇지만 그 자리를 자칸이 가질 수 있는 방법이 따로 있는 것인가?

['너무 천재적이어서 문제였어….']

그제야 엘레베르는 애초부터 자칸은 자신의 편이 아니었다는 것을 알 수 있었다. 서열 1위의 비상한 천재 군주 자칸. 그가 품은 검은 속내를 알아채지 못했다.

마신 엘레베르의 양 팔이 꾸물거리며 변화했다. 팔은 완전히 검의 형태로 변했다. 엘레베르는 자신의 죽음을 직감했다.

자신의 무위로 절대 계승자를 죽일 수가 없었다. 오늘 자신은 죽을 것이다. 절대신의 자리에 도전했지만, 자신이

거느리고 있던 수하의 배신에 죽은 비참한 마신으로 남게
될 것이다.

하지만 호락호락하게 죽을 수는 없었다.

먼저 공격해 들어가는 것은 엘레베르였다. 그녀가 빠르
게 내달리며 민혁을 향해 접근하고 있었다.

민혁은 눈에 뻔히 들어오는 속도로 접근하는 그녀를 바
라보고 있었다.

❖ ❖ ❖

[쿨럭!]

엘레베르의 입에서 검은 피가 토해졌다. 민혁이 쏘아 보
낸 힘에 복부가 관통당한 그녀는 뒷걸음질 쳤다.

그녀의 등이 벽에 기대어졌다. 주르르 바닥으로 쓰러져
앉은 자세가 되었다.

"어째서 나를 불렀나."

그녀의 입에서 쉴 새 없이 피가 흘러나오고 있었다.

"배신 당했나?"

그 질문에 엘레베르의 입가가 스르르 올라갔다. 민혁은
헛웃을 수 밖에 없었다. 아무리 그래도 신이라는 작자가 배
신을 당했다?

"한심하군."

[네놈이 절대신이 될 수 있을까?]

엘레베르는 눈이 흐릿해지는 것을 느꼈다. 그저 야망을 가졌을 뿐이고, 그 자리에 서고 싶어 수단과 방법을 가리지 않았을 뿐이다.

세상은 약육강식으로 넘쳐 흐른다. 자신은 모든 차원을 지배할 절대신으로써 정점에 서고 싶었을 뿐이다.

자신을 사냥하려고 하는 자가 없는 위치에 오르고 싶었다.

[자칸이란 수하가 있다.]

엘레베르의 입이 천천히 열렸다.

[내가 마신의 자리에 올랐을 때부터 그는 내 밑에서 가장 강한 전사로 군림하고 있었다. 아니, 사실은 가장 강하기보다는 가장 똑똑한 전사로 내 밑에서 나를 받들었다.]

민혁은 의외로 엘레베르가 이야기를 꺼내자 속으로 놀랐다. 그녀의 이야기를 들어 주었다.

[그는 신인 나조차도 쫓을 수 없을 정도로 비상한 머리를 가지고 있다. 많은 것을 할 수 있고, 많은 것을 생각할 수 있는 자야.]

엘레베르의 눈의 생기가 서서히 사라지고 있었다. 흐릿한 눈으로 민혁을 바라보는 그녀는 한 쪽 입술을 비틀어 웃고 있었다.

[나를 위해 수많은 시간을 보낸 자이다. 그 모든 것이 계

략이었던 거지. 총 세 개의 문을 그는 준비했고 이제 고작 하나의 문이 열렸다. 그 안에서 괴수의 왕이 나왔지.]

민혁의 미간이 찌푸려졌다. 총 세 개의 문. 그렇다면 자신은 그토록 고전했던 괴수의 왕이 그에게 있어서 첫 번째 문에 지나지 않았다는 사실이 된다.

[두 번째 문에서는 마신이 강림한다.]

"뭐?"

민혁은 되물었다. 마신은 그녀이지 않은가.

[역사상 가장 강했던 마신이 올 것이다. 그것을 빌미로 자칸은 헨더와 알란의 몸에서 그가 환생할 거라고 했다. 그리고 문을 열 것을 촉구했고 나는 문을 열어주었지. 하지만 모두 계승자 너를 이곳에 보내 나를 죽이려는 속셈이었던 거지.]

엘레베르는 마지막 힘을 짜내는 듯 보였다. 분하고 억한 심정을 토해내는 것 같았다.

[누가 절대신이 될 지는 모르겠지. 하지만 차라리 네가 되어라.]

자칸이 원하는 것은 모르겠다. 허나, 그가 최종적으로 절대신의 자리를 노린다면 차라리 그것이 강민혁이 되었음 하는 것 같았다.

"그렇다면 세 번째 문은?"

세 번째 문.

[그것은… 나 역시… 알지 못한다… 하지만… 그 어떤 것보다… 흉폭하고… 그 누구도… 대적하지 못할….]

마신 엘레베르의 말이 점차 격하게 떨리기 시작했다. 그녀의 입에서 피가 꿀럭이며 흘러나왔다.

[존재일 것이다….]

그녀의 고개가 스르르 바닥으로 떨어졌다. 그녀의 죽음과 함께 그녀의 가슴에서 빛을 뿌리는 검은 구슬이 뽑혀 나와 허공에 두둥실 떠올랐다.

민혁은 그 구슬에 깃든 범접하기 힘든 힘을 느꼈다. 신이 가진 힘.

그가 천천히 손을 뻗는 순간이었다.

그 구슬은 민혁의 예상과 다른 곳으로 날아갔다.

그곳에는 한 마족이 서 있었다. 그는 검은 색 로브를 두르고 있었는데, 머리카락을 어깨까지 기르고 있었다.

그가 입을 쩌어억 벌리는 순간이었다. 검은 구슬이 그의 입 안으로 쏘옥 들어갔다.

그는 그것을 꿀떡 삼켰다.

그의 몸의 주위로 거센 바람이 불었다.

콰아아앗!

민혁은 그가 자칸이라는 것을 알 수 있었다. 그에게서 무슨 일이 터질지는 모르지만 그를 죽여야 했다.

파앗!

민혁이 다가서려는 순간이었다. 거대한 힘이 그 앞을 막아섰다.

민혁은 마른 침을 꿀꺽 삼켰다. 눈 앞에서 무지개가 보이는 것 같았다. 알 수 없는 힘이 빛처럼 내려와서 자칸에게 접근하지 못하게 막고 있었다.

"우웨에에엑!"

민혁은 그 힘과 마주하는 순간 다리가 후들거리는 것을 느꼈다. 온 몸이 거부반응을 보이면서 비명을 지르고 있었다. 결국 한 쪽 무릎을 꿇고 바닥에 힘껏 토악질을 해대기 시작했다.

자칸의 입과 눈, 코, 모든 구멍에서 검은 빛이 터져 나왔다. 그 빛은 마신의 탑을 뚫고 지나가 마계 전체를 감싸기 시작하였다.

그리고 다시 그 빛은 무척이나 빠른 속도로 자칸의 몸에 흡수되기 시작하였다.

마지막까지 흡수한 자칸은 민혁을 내려다보았다.

[모든 것은 계획대로 진행된다.]

퐈아앗!

자칸이 팔을 휘두르는 순간이었다. 민혁은 자신의 눈 앞이 깜깜해지는 것을 느꼈다. 몸을 누군가 잡아 끌 듯이 뒤로 날아가고 있었다.

그리고 곧 민혁은 마계에서 자신이 튕겨져 나왔다는 것을 알 수 있었다.

데굴데굴!

민혁은 바닥을 뒤로 굴렀다. 정신을 차리고 바닥에 발을 밟았을 때에는 아까 전의 그 바닷가라는 것을 알 수 있었다.

알렉스와 미혜가 깜짝 놀란 표정으로 그에게 다가오고 있었다.

"오, 오지 마!"

민혁은 자신도 모르게 소리쳤다. 그의 입에서 다시 토악질이 터져 나왔다.

"푸우웁!"

허공에 뿜어낸 민혁은 거친 숨을 몰아쉬었다. 몸이 떨려온다. 마치 사자 앞에 섰던 나약한 인간처럼, 죽음 앞에 선 자였던 것처럼 자신은 두려워했다.

잠깐의 찰나였지만 영접한 그 힘은 신들조차도 어쩌지 못할 것만 같았다.

"계획…이라니."

민혁은 입가를 쓰윽 닦아내며 몸을 일으켰다. 그제야 알렉스와 김미혜가 다가왔다.

진정이 된 민혁은 알렉스에게 마신의 탑에서 일어났던 일에 대해서 설명해 주었다. 마신이 배신 당하였으며 자칸이라는 서열 1위의 군주가 검은 색 힘이 담긴 구슬을 흡수했다.

"그가 마신의 자리를 받은 것 같다. 하지만 그런 식으로는 불가능하다."

알렉스는 심각한 표정으로 담배 연기를 뿜었다. 그렇게 아무런 절차도 없이 죽인다고 해서 신이 될 수 있는 것이 아니다.

현실적으로 따져보면 마신을 죽인 것은 자칸이 아니라 강민혁이었고, 그런 식이라면 민혁이 마신의 자리를 받는 게 맞았다.

"설마…."

알렉스는 불안한 목소리를 뱉어냈다. 그의 눈이 가늘게 떨렸다. 민혁과 미혜는 그 대답을 빨리 촉구하는 표정으로 그를 보았다.

연기를 한 번에 훅 뿜어낸 알렉스는 바닥에 꽁초를 버리고 비벼 껐다.

"두 신이 개입한 것인가."

"두 신?"

민혁이 되물었다.

"절대신인 나의 바로 위에는 차원 뿐만 아니라 우주, 아니 세상 모든 것을 관장하는 두 신이 존재한다."

절대신보다 위에 선 두 신.

"그들은 코스모스와 카오스라는 이름으로 불린다. 그들이 신을 창조했고 신들은 그분들의 뜻대로 차원을 창조했다.

그들은 우리들의 어머니이자 아버지이며 이 모든 것의 창조자이시다."

알렉스는 여전히 믿기지 않았지만 그 두 존재 중 누군가의 개입이 아니고서는 자칸이 그렇게 쉽게 마신의 자리를 받았다는 것은 생각할 수 없었다.

두 신은 차원 안에서 일어나는 일도, 규칙이 깨지는 것도 무척이나 싫어하며 엄격한 형벌을 내리는 자들이다.

그런 자들 중 누군가가 그 규칙을 스스로 깼다. 아니 어쩌면 두 존재가 함께 일을 진행하는 것인지도 모른다.

"하나 확실한 것은 두 존재 중 누군가라도 품은 뜻이 있고 그 뜻이 우리에게는 좋지 못한 것이라면 감당할 수 없다는 거다."

"그들이 품은 뜻. 그게 뭐지."

"그야 나도 모르지."

알렉스는 픽 웃었다. 자신도 그것이 궁금하다. 도대체 둘 중 어떤 신인지는 모르나 어떠한 생각으로 무슨 계획을 꾸미고 있는지는 그가 알 턱이 없었다.

"세 개의 문이 있다고 하던데."

"세 개의 문?"

알렉스의 미간이 찌푸려졌다.

"첫 번째 문에서 나온 존재가 바로 괴수의 왕 발라카스였고 두 번째 문에서는 가장 강한 마신이 나온다고. 그리고 세 번째 문에서는 감당할 수 없는 자가 나온다는데."

"문제군."

알렉스는 턱을 어루만졌다. 실상 민혁이 그들을 헤쳐나
가는 것은 문제가 되진 않는다. 어차피 이겨 내야 하는 것
이라고 한다면 말이다.

그렇지만 그 싸움에 대한 피해가 가장 큰 문제라고 할 수
있었다.

"이제 고작 세 자루다."

민혁은 자신의 손을 내려다봤다. 88일을 버티면 절대신
이 된다. 아니 어쩌면 이제는 그 말이 크게 소용이 없을 지
도 몰랐다.

절대신보다 더 높은 곳에 있는 두 신 중 누군가 혹은 두
신이 개입하고 있다.

무엇을 위해서? 알아내야 했다.

❖ ❖ ❖

민혁이 탄 부가티가 빠르게 도로를 달리고 있었다. 부모
님이 계신 집으로 향하고 있었다. 빠르게 달리는 속도로 인
해 담배 연기가 창문 밖으로 흩어지고 있었다.

일단 알렉스와 미혜는 다시 경기도의 전원주택으로 돌아
갔다.

코스모스와 카오스. 머리는 복잡하고 해답은 나오질 않았다. 하루라도 빨리 네 자루의 무형검을 더 찾아야 했다.

하지만 과연 위험이 닥치기 전에 모두 찾을 수 있을까? 알렉스는 무형검이 모두 모이는 순간, 그 어떤 존재도 대적할 수 없는 강한 검을 얻게 된다고 말했다.

담배를 바깥에 버린 민혁의 고개가 천천히 어디론가 돌아갔다. 어떠한 시선이 느껴졌기 때문이다.

그 시선은 위협적이지는 않았다. 허나, 그가 가진 힘만큼은 분명히 거대해 보였다. 그의 고개가 돌아간 곳에는 한 남성이 서서 그를 바라보고 있었다.

"파괴신…?"

민혁은 자신도 모르게 중얼거렸다. 들은 적은 있지만 본 적은 없는 자가 바로 파괴신이었다. 그럼에도 불구하고 그를 한 눈에 보는 순간 알 수 있었다.

빠아아아앙―!

초록불이 켜졌음에도 불구하고 부가티가 멈추어 선 채 움직이지 않자 뒤쪽에서 거칠게 클락션을 울렸다. 민혁은 급하게 비상 깜빡이를 키고는 서둘러서 차량을 우측에 붙여서 정차시켰다.

이상했다. 파괴신은 알렉스에게 듣기로는 흉폭한 자라고 들었으며 그 어떤 신보다 대단한 무력을 가진 자라고 들었다.

후자는 맞았다. 그에게서는 자신과 견주거나 혹은 그 이상의 힘이 느껴지는 것이 사실이다. 하지만 '파괴신'이라는 이름만큼 거칠거나 혹은 이질적인 느낌은 전혀 없었다.

차에서 내린 민혁은 천천히 그의 앞으로 다가갔다. 파괴신은 그에게 그 어떠한 위협적인 행동도 보이지 않고 있었다.

그렇지만 민혁은 혹시나를 대비해서 그를 분명히 경계하고 있었다.

"파괴신?"

그는 고개를 끄덕임으로써 답했다.

"원하는 게 뭐지?"

그는 대답 없이 허공에 손을 저었다. 그 순간, 공간이 일그러지면서 문 하나가 만들어졌다.

"저게 뭐야…."

"가, 강민혁이다."

"강민혁인데? 앞에 있는 사람은…."

도심의 한복판이었기 때문에 수많은 사람들이 민혁을 알아보기 시작했다. 더군다나 파괴신이 만들어놓은 문 때문에 사람들의 이목이 더욱 집중되고 있었다.

파괴신은 어쩌면 인질을 잡고 있는 것일지도 모른다. 자신이 막으려고 한다고 해도, 그가 힘을 폭사시키면 이곳의 사람들의 상당수가 죽을 것이었다.

일단은 어떠한 문이고, 그 안에 무엇이 있는지는 모르지만 들어가야 할 것 같았다.

파괴신은 먼저 그 안으로 들어갔다. 민혁이 뒤따라 들어갔다.

눈을 감았다가 뜨자 보인 것은 넓게 트여있는 대지였다. 정말이지 광활하고 끝이 보이지 않을 것 같은 대지다.

하늘에는 그 흔한 새 한 마리도 없었고, 땅에는 개미 새끼 한 마리나, 혹은 풀 한 포기조차도 없었다.

마치 싸움을 하기 위해 준비한 장소 같은 느낌이었다.

[나를 이기면 대답을 해준다.]

파괴신은 가볍게 자세를 잡았다. 민혁으로써는 조금 황당했다. 대뜸 찾아왔다. 그리고 자신을 이기면 이유에 대해서 대답해준다고 한다.

더 재밌는 사실은 파괴신은 일부러 사람들이 피해를 입지 않기 위해 싸울 수 있는 공간으로 넘어왔다는 것이다.

듣던 것과는 완전히 다른 자였다. 민혁이 한 걸음 내딛었다.

"그래야 답을 얻는다면 싸워야지."

그가 파괴신을 향해 빠르게 근접하기 시작했다. 그의 손이 허공으로 치켜 올라갔다.

꽈아아악!

파괴신의 무위는 민혁과 대등했다. 거의 호각을 겨루는 실력이었다.

꽈지이익!

민혁의 주먹에 안면을 가격 당한 파괴신이 뒤로 쭈우우욱 밀려났다. 밀려 나가는 것을 최소화하기 위해 발에 힘을 주고 있었기 때문인지 땅이 깊게 패여 있었다. 호흡을 추스르는 그를 향해 민혁이 빠르게 접근했다.

오른 쪽 목을 노리고 손을 날렸다. 파괴신은 명치를 향해서 주먹을 뻗었다. 서로가 공격을 취하고 피하지 않았다.

퍼억!

정확하게 옆 목을 가격했다. 그리고 파괴신의 주먹 또한 명치에 정확하게 꽂혔다.

꽈직!

[끄흐음.]

파괴신은 뻐근한 듯 목을 우두둑 풀고 있었다. 민혁도 가슴의 통증 때문에 가슴을 쓸었다. 당장 헛구역질이 올라올 것 같았지만 참았다.

잠깐의 빈 틈이 승패를 결정한다.

싸움은 멈추지 않고 계속되었다. 승패가 나질 않았다.

하루, 이틀, 삼일, 사일.

민혁은 지쳐가고 있었다. 허나, 쓰러지지 않았다. 파괴신도 그것은 마찬가지였다. 눈에 띄게 속도가 느려지고 있었으며 반응 속도도 마찬가지였다.

이제 두 사람은 거의 기다시피 하는 상황이었다.

서로에게 보일 정도로 느린 주먹이 파괴신을 향해서 휘둘러졌다. 본래의 파괴신이었다면 가볍게 막아내거나 피했을 것이다.

허나, 지친 몸이었기에 그 주먹에 맞고는 뒤로 물러났다. 파괴신이 힘을 짜내어 힘껏 뛰어올라 민혁을 발로 차냈다.

콰앙!

민혁이 바닥에 쳐 박혔다. 두 사람이 한 번씩 주먹을 휘두르고 발을 찍으며, 도약할 때마다 대지가 흔들리고 갈라지며, 부서지고 있었다.

며칠 전의 그 평평했던 대지는 더 이상 찾아볼 수 없을 정도였다.

"끄흐읍."

민혁은 머리를 크게 흔들었다. 머리가 아득하다. 당장 쓰러져서 잠을 자고 싶을 정도였다.

사실 힘을 조절해서 사용했다면 이보다 더 오래 버틸 수 있었을 것이다.

그렇지만 그러기에는 파괴신의 무위가 너무나도 뛰어난 편이었다. 자칫 조절하려고 여유를 부렸다가는 자신이 당할 판이었다.

그리고 그것은 파괴신 역시도 마찬가지였다.

그도 정신을 차리기 힘든 것인지 비틀 거리고 있었다.

민혁은 눈 앞이 새하애지는 것을 느꼈다. 당장 누워서 쉬어! 라고 몸이 말하고 있었으며 정신도 그러라고 외치고 있었다.

후들거리는 다리로 민혁은 쓰러지지 않고 파괴신을 노려 보았다.

다시 두 사람의 주먹이 부딪쳤다.

또 하루가 지났다.

두 사람의 입에서는 미약한 숨소리만이 퍼지고 있었다.

한계에 부딪친 지는 오래다. 정신력 싸움이었다.

"쿠에에엑!"

민혁의 입에서 토악질이 뿜어졌다. 며칠 간 마시지도 먹지도 못해서 위액만 쏟아졌다. 곧 이어 파괴신도 따라 하듯이 토를 했다.

"신도 토를 하는 군."

민혁은 비릿하게 웃었다. 눈앞이 흐릿했다. 하지만 다시 주먹을 굳건히 쥐었다. 그 순간, 세 자루의 무형검이 진동을 시작했다.

민혁의 미간이 찌푸려졌다.

'한계를 넘다. 인가?'

무형검의 깨달음은 무엇인지 갈피를 잡을 수 없었다. 파
괴신의 눈썹 한 쪽이 꿈틀거리는 것이 보였다.

그도 무언가 눈치챈 듯 싶었다.

진동을 시작한 세 자루의 무형검에서 한 자루의 무형검
이 빛에 휩싸이면서 생겨났다. 이제 총 네 자루.

민혁은 자신도 모르게 흥분해 있었다.

그 순간이었다. 파괴신이 뒤로 고꾸라졌다.

[챙기기 더럽게 힘들군.]

"뭐?"

뒤로 고꾸라진 파괴신의 가슴이 크게 오르락 내리락 거
리고 있었다. 챙기다니, 무엇을 챙긴다 말인가.

일단은 그것보다는 민혁의 승리라고 생각할 수 있었다.
파괴신은 분명히 먼저 쓰러졌으니까. 민혁의 몸도 뒤로 고
꾸라졌다.

털썩!

바닥에 쓰러진 민혁도 거친 숨을 몰아쉬었다. 당장이라
도 단잠에 빠져들 것만 같았다. 그렇지만 애써 정신을 추슬
렀다.

그에게서 자신을 찾아온 이유에 대한 해답을 들어야 했
기 때문이었다.

"이제 대답해야지."

[숨 좀 쉬고.]

그 말에 민혁은 픽 웃었다. 잠시 서로에게서 큰 숨소리만
이 퍼져 나갔다.

[난 카오스님께서 보낸 사자다.]

"……!?"

민혁은 자신도 모르게 상체를 벌떡 일으켰다. 절대신인
알렉스에게 들었던 신 중의 하나였다.

[카오스님께서 절대신의 자리에 도전할 계승자의 힘을
필요로 하신다.]

"내 힘을 필요로 한다고?"

카오스와 코스모스라는 존재는 세계, 더 나아가 우주의
모든 것까지도 관장하는 정점에 선 자들이었다.

그런 둘 중의 하나인 카오스가 자신의 힘을 필요로 한
다? 이유는 모른다. 하지만 분명히 놀랄만한 이야기였다.

[코스모스와 카오스 님 사이에서 마찰이 생겼다.]

두 신 사이에서의 마찰. 상체를 일으킨 민혁은 쓰러진 채
입을 여는 파괴신의 입에서 시선을 떼지 않았다.

[코스모스님은 이 세상의 무, 그리고 다시 유를 원하신다.]

"무 그리고 유?"

민혁은 그 말을 곱씹었다. 이 세상의 무라면 모든 것이
사라지는 것을 말한다. 그리고 유라면 재창조를 뜻하는 것

같았다.

그 말은 즉, 세상을 갈아 엎고 다시 창조하겠다는 뜻이다.

[카오스님은 반대하신다. 지금의 모든 것이 무가 된다. 그것은 즉, 모든 것이 죽는다는 것을 의미하니까. 하지만 코스모스는 자신의 의지를 확연하게 밝히고 있다.]

"코스모스가 무를 원하는 이유가 뭐지?"

[썩었으니까.]

파괴신이 천천히 상체를 일으켰다. 그는 씁쓸한 표정으로 말했다. 파괴신은 꽤 오랜 시간 전부터 카오스의 밑에서 '파괴신'이라는 이름 밑에 숨어서 그의 수하로 살아왔다.

자칸이 코스모스의 부하로 숨어있던 것처럼. 파괴신이라는 이름은 계획적으로 얻어진 이름이었다.

카오스는 코스모스를 막고 싶어했다. 허나, 코스모스가 행하려는 일도 꼭 나쁘다고 볼 수만은 없었다.

[코스모스와 카오스. 두 분은 조화로운 세상을 원했다. 운명에 따른 죽음과 그를 비롯해서 이어지는 세상. 그렇지만 지금은 어떠한가.]

하루에도 수많은 사람들이 죽어나간다. 이유는 간단했다. 빼앗기 위해서, 자신이 더 가지기 위해서.

[매일 반복되는 전쟁, 어떠한 이는 풍요로우며 어떠한 이는 가난하다. 어떠한 이는 밥 한 끼에 많은 화폐를 사용하

지만 어떤 이는 값싼 한 끼도 먹지 못해 죽어 나간다. 물론 완전한 공정성을 두 분은 기대한 것이 아니다. 단, 모든 생명체가 이러한 욕심을 가지고 살아가는 것을 원치는 않으셨었다.]

파괴신은 한숨을 짙게 뱉었다.

[하지만 지금 어떠한가. 강한 자가 약한 자를 먹는다, 먹고 먹고 먹으며 또 먹는다.]

민혁은 조금은 어이가 없었다. 약육강식이라는 말이 있다. 강한 자에게 약한 자는 결국 먹히게 된다는 먹이사슬을 뜻하는 것이다.

이것은 살아가면서 어쩔 수 없는 이치다. 돈 많은 자가 결국 가난한 자보다 더 있어 보이는 법이고, 강한 자의 검에 약한 자의 검은 무디다는 것.

"어쩔 수 없는 거잖아? 원래 그렇게 살았잖아 모두가."

[어쩔 수 없다. 그것 때문이다.]

파괴신의 눈이 가늘어졌다.

[어쩔 수 없기 때문에. 그것이 세상의 당연한 이치가 되었기 때문에 코스모스는 이 세상의 무를 원하며 새로운 유를 원한다.]

"새로운 세상이 온다고 한들, 달라지는 것이 있을까?"

[그야 모른다. 하지만 코스모스는 직접 왕으로 군림하여 다스리려고 한다.]

그 말은 즉, 코스모스는 생명체들을 자신의 발밑에 둔 채 공정하게 살 수 있게 한다는 것이다. 모두에게 똑같은 화폐를 지급하고, 똑같은 죽음을 주며, 똑같은 집, 똑같은 것, 공평한 것을 하려한다.

"개똥 같은 소리네."

민혁은 미간을 찌푸렸다. 세상이 공평하지 못한 것은 맞다. 하지만 그렇기 때문에 세상이 살아가는 재미가 있는 것도 사실이었다.

물론 코스모스는 모든 것을 다 가진 신이다. 그의 주관에서 보았을 때에는 모를 것이다.

한 달에 120만원을 벌던 자가 130만원으로 월급이 오르는 때의 기쁨이란 말로 형용할 수 없을 정도다.

신입사원에서 노력해서 대리의 직급을 달았을 때 가지는 풍요로움도 마찬가지다. 세상의 모든 먹고 먹히는 약육강식은 결국 모든 생명체를 살아가게 하는 원동력이 되는 것이기도 한 것이 사실이다.

"그깟 새끼가 뭔데, 세상을 엎어."

[신이니까. 우리들의 어머니시니까.]

파괴신의 한숨이 짙어졌다. 그가 모든 것을 창조한 창조주이니까.

[카오스의 생각은 지금 계승자인 네가 가지는 생각과 동일하다. 진짜 공정은 바로 생명체들이 살아가면서 이루어

진다고 생각하는 거지. 그 마찰로 결국 둘은 갈라졌다.]

카오스와 코스모스는 언제 태어났는지 알 수 없었다. 그저 아무 것도 없는 혼돈 속에서 두 존재가 태어났고 두 사람이 만나 거의 영원이라는 시간동안 함께 해왔다. 그런 두 존재가 이제는 서로 남이 되어 갈라졌다.

[코스모스는 분명히 그 일을 추진하려 한다. 네가 아는 것이 있나?]

민혁은 그 질문에 자칸이라는 자와 있었던 일에 대해서 설명해주었다. 마신의 자리에 오른 자칸.

[혼돈의 구슬을 자칸이라는 자가 해답을 가지고 있을 지도 모르겠군.]

"혼돈의 구슬?"

민혁이 되물었다.

[혼돈의 구슬은 코스모스가 오랜시간 시간을 공들여 만들어낸 물건이다. 그 힘은 무로 돌리는 힘을 가지고 있다. 이것을 보아라.]

파괴신은 손을 뻗었다. 돌 하나가 그의 손에 쥐어졌다.

그는 그것을 힘을 주어서 바스라 트렸다.

[이렇게 되면 이것은 보이지 않을만큼 미세해진다. 사람들은 보이지 않으면 없어졌다고 생각한다. 하지만 미세해졌다는 것이지, 없어지지는 않았다는 것. 허나 이처럼 후우우우!]

그는 허공에 불었다. 그러자 작게 바스라진 그것들이 허공에 흩날렸다.

[마치 없었던 것처럼 사라져 버린다. 혼돈의 구슬이 가진 힘이 그것일 것이다. 자칸이라는 자가 그토록 천재적인 자라면 혼돈의 구슬을 만드는데에 기여했을 것이다. 그와 함께 코스모스를 통해서 무언가를 얻기로 약속했을 것이고. 그것이 마신 혹은 절대신의 자리일 것이다. 모든 것이 '무'가 되는 건 지금 있는 신들 모두의 죽음을 뜻하기도 한다. 자칸만은 살아남을 수 있을 지도 모르지.]

"그럼 그 혼돈의 구슬을 없애면 되겠군."

[도대체 누가? 카오스 님조차도 그 혼돈의 구슬을 없앨 힘을 가지고 계시지 않다.]

파괴신의 말에 민혁의 얼굴이 처참히 일그러졌다.

[애석하게도 코스모스의 능력은 카오스님보다 우위에 서 있다. 허나 방법이 없는 건 아니다.]

파괴신의 눈이 차분하게 가라앉았다. 그는 민혁을 말없이 바라봤다. 그는 그 시선이 보내는 사명을 알아챌 수 있었다.

"내가 혼돈의 구슬을 없앨 수 있다?"

[무형검. 일곱 자루. 그것은 절대신이 너에게 하사한 능력이다. 허나, 카오스가 내린 혼돈의 구슬을 파괴할 수 있는 유일한 힘이기도 하다. 일곱 자루가 모두 모이는 순

간 혼돈의 구슬조차도 가를 수 있을 지도 모른다. 그마저
도 부족하다면 다른 무언가가 충족해야 할 지도 모르겠
지.]

"모르겠지는 뭐야."

민혁은 미간을 찌푸렸다. 마지막 말의 의미는 그것마저
도 혼돈의 구슬을 부술 수 없다면 방법을 찾거나 혹은 무가
되는 것을 지켜봐야 한다는 것이 된다.

"그래서 혼돈의 구슬이 나타나는 시점은?"

[모른다. 허나 자칸이 마신의 자리에 오른 지금 일이 진
행될 확률이 크다. 혼돈의 구슬이라는 것에 대한 정체만 알
뿐이지. 우리 쪽에도 큰 정보는 없는 상황이니까. 확실한
것은 유일하게 막을 수 있는 자가 바로 계승자인 강민혁이
라는 것이다. 카오스 님께서는 계속 너를 주시하였다. 태어
났을 때부터 지금까지 모든 것을 보고 계셨다. 네가 절대신
에게 선택된 것은 당연한 수순이었다. 그만큼의 그릇을 가
졌으니까. 그리고 또한 카오스 님은 선택하셨다.]

파괴신은 천천히 몸을 일으켰다. 그리고 민혁의 앞으로
다가와 손을 내밀었다. 그 손을 맞잡고 몸을 일으켜 마주
섰다.

[너를, 무로 돌아가려는 이 세상을 막을 수 있는 유일한
존재로 너를 지목했다는 것이다.]

민혁의 눈이 가늘게 떨렸다.

무로 돌아간다. 생각만 해도 끔찍하다. 오재원도, 부모님도, 김미혜도, 친구도, 오혁수 공격 대장도, 이길현도 모두가 사라진다.

그뿐만이 아니다. 아무 것도 모른 채 하루하루를 살아가는 사람들이 블랙홀에 빨려 들어가듯 사라질 것이며 앞으로의 미래는 없을 것이다.

그리고 다시 재창조된 세상은 재미없게도 '공평함'이라는 코스모스의 꽉 막힌 사고방식에 의해 돌아갈 것이다.

"혼돈의 구슬."

[이제 세 자루 남았다.]

파괴신이 두 발자국 물러섰다. 그의 앞으로 검 하나가 생겨났다. 검은 요란한 문양이 새겨지거나 하지는 않았다.

겉보기에는 그저 평범한 검처럼 보였다. 허공에 떠 있는 검을 향해서 파괴신이 눈짓했다.

그 뜻을 알아차린 민혁이 검의 그립에 손을 뻗었다. 마치 자신의 것이었던 것처럼 검이 부드럽게 손에 감겨졌다.

[무형검의 힘을 하나로 합칠 수 있는 힘을 가졌다. 분산된 힘을 하나로 합침으로써 더욱 강력한 힘을 낼 수 있을 것이다.]

파괴신이 허공을 향해 손을 휘익 젓는 순간이었다. 공간이 열렸다.

스르르륵!

허공에서 생겨난 검집이 민혁이 쥔 검의 칼날 부분으로 쏘옥 들어갔다. 민혁이 검집째로 잡아서 둘러보았다.

[일단은 함께 돌아간다.]

"어디로?"

민혁은 돌아가자는 말에 그를 보면서 물었다. 파괴신이 고개를 돌리더니 머리를 어루만졌다.

❖ ❖ ❖

달그락달그락!

식기가 움직이는 소리가 퍼지고 있었다. 파괴신은 갈비찜에 손을 뻗었다. 손으로 잡고 이리저리 둘러보던 파괴신이 민혁을 보았다.

[이 음식 아주 맛있어, 이름이 뭐라고?]

"갈비찜."

민혁이 말해주자 그는 흡족한 듯 고개를 끄덕이며 갈비를 양껏 뜯었다. 그 모습을 입을 벌린 채 바라보는 두 사람이 있었다.

바로 김미혜와 알렉스였다.

"그러니까. 파괴신은 카오스 님의 사자라고?"

막 식사를 차리고 먹으려던 차였다. 그때에 강민혁이

갑자기 파괴신과 함께 나란히 들어오더니 식탁에 함께 앉았다.

그리고 파괴신은 배고픈 듯 밥을 먹기 시작했고, 알렉스와 미혜는 민혁에게 설명을 들었다.

여전히 알렉스와 미혜는 어이가 없다는 표정으로 갈비찜을 뜯는 파괴신을 보고 있었다.

"그렇지."

"혼돈의 구슬을 파괴하지 못하면 이 모든 차원이 무가 되어 사라진다고?"

민혁은 고개를 끄덕였다. 어느덧 흘끗 돌아보니 파괴신의 앞으로 갈비가 수북하게 쌓였다.

[없는데? 아쉽군.]

냄비를 보면서 파괴신이 아쉬운 입맛을 다시자 미혜가 몸을 일으켜 더 가져와서 그의 앞에 놓아주었다.

[아주 참한 여성이군. 내 배우자가 되면 아주 좋겠어.]

그 말에 민혁의 고개가 획 돌아갔다.

"밥이나 먹지?"

[왜? 내가 무슨 잘못이라도 했나? 잘 생각해보게. 여인. 나와 아이를 낳으면 자네의 아이는 반인반신이 되는 거야.]

"저는 사랑하는 사람이 있어요."

알렉스는 황당한 웃음을 짓고 있었고 민혁의 이마로는 혈관 마크가 투툭 솟아나고 있었다.

[이해할 수가 없군. 한낱 인간을 사랑하는 것보다는 나를….]

"그 한낱 인간이 난데?"

[…갈비찜 아주 맛있군.]

파괴신은 다시 갈비로 시선을 돌려 시선을 회피하며 갈비를 양껏 뜯었다. 파괴신과 싸울 때도, 그 어떨 때도 살기를 뿜지는 못했다.

그에게서도 살기가 없었기 때문이다. 하지만 지금은 살기가 피어오르는 민혁이었다.

"이 집에 식구가 늘어가는군."

알렉스가 수저를 놓으면서 하는 말이었다.

4. 제약회사

NEO MODERN FANTASY STORY

RAID

신의 탄생

레이드

NEO MODERN FANTASY STORY

파괴신은 미혜가 만들어놓았던 갈비를 모두 먹고서야 수저를 내려놓았다.

[무형검을 얻어야지.]

그는 민혁을 바라보았다. 지금 이렇게 있는다고 해서 갑자기 '엇! 깨달음!' 하고 생겨나는 것이 무형검이 아니었다.

세 자루만이 남았다. 그 세 자루를 얻는 순간 민혁은 혼돈의 구슬을 파괴할 힘을 얻을 수 있을 지도 모르며 절대신의 자리에 올라서도 대적할 자가 없어질 것이다.

"하지만 혼돈의 구슬이 언제 모습을 나타낼지 모른다며 자칸이 만들어낸 문도 두 개나 남아있다."

[그 정도는 내가 막을 수 있는데까지 막아내야지. 무형검을 찾는 것이 급선무다. 흐지부지 시간을 보내다가는 이도 저도 안 되는 수가 있어.]

파괴신은 민혁에게 눈짓을 보내면서 몸을 일으켰다. 그 뜻이 둘만이 이야기를 하고 싶다는 것임을 알았기에 몸을 함께 일으켰다.

투명한 유리벽 사이로 바깥의 풍경이 훤히 보였다. 민혁이 미닫이 문을 열고 나섰다. 그가 품에서 담배를 꺼내어 입에 물었다.

[아까부터 입에서 연기를 그렇게 뿜어대는 거지? 드래곤처럼.]

"아, 이건 담배라는 거다."

절대신인 알렉스는 그러고보면 인간이었던 자다. 때문에 담배에 대해서 어느정도 아는 게 맞는 것일지도 몰랐다.

파괴신은 인간이거나 혹은 다른 차원의 생명체는 아니었다. 애초에 카오스를 위해서 만들어진 생명체였으며 그의 밑에서 종속 되었고 코스모스와 카오스와의 마찰을 염두해 두고 생겨난 계승자를 도울 사자다.

[무형검은 꼭 멀리서 찾을 필요는 없다.]

파괴신은 자신의 눈앞에 아른거리는 담배 연기를 보면서 손을 휘휘 저으며 말했다.

[가까운 곳에 있을 지도 모르지.]

파괴신은 흘끗 김미혜를 보았다. 민혁의 시선도 그녀에게 돌아갔다. 그녀는 식탁 위를 치우고 있었다.

[인간의 여자를 사랑해선 좋지 않아. 영원한 삶을 살아야 할 신이 될 사내에게는 깊은 상처만 될 것이다.]

민혁은 묵묵히 고개를 끄덕였다.

[너는 저 아이의 죽음을 봐야 한다. 그럼에도 늙지 않겠지, 너희 두 사람 사이에서 나온 아이는 과연 신일까? 인간일까? 아무리 반신반인이라고 해도 인간에 가깝다. 결국은 그 아이도 죽을 것이다.]

"하지만 그렇다고 마음을 부정할 순 없지. 그게 인간이니까."

민혁은 연기를 허공에 뿜었다. 그 어떤 사람이라도 한 번씩은 해봤을 것이다. 모두가 아니라고 말하는 무모한 사랑.

그 사람은 안 돼. 그 사람은 너를 이용하는거야. 그 사람은 너에게 어울리지 않아. 다른 이의 말은 결국 귀에 들어오지 않는 불과 같은 사랑을 지금 민혁은 하고 있었다.

"어리석긴 하지만 그게 인간이니까."

[그것에서 또 다른 무형검을 찾을 수 있지 않을까.]

파괴신은 생긋 웃었다.

[결국 무형검은 순수한 무언가에서 나오는 것이니까. 신인 나는 사랑이라는 건 잘 모르겠다. 하지만 순수한 깨달음

에서 나오는 것이 무형검이니, 먼 곳이 아닌 가까운 곳에서 얻을 수 있을 지도 모른다는 거다.]

민혁은 고개를 끄덕였다. 정말 그럴 지도 모르겠다. 멀리서 찾을 필요는 없을 지도 몰랐다. 가까운 곳에서도 무형검을 얻을 수 있을 지도 모른다.

[두 사람이 함께 갔다 오면 되겠군.]

민혁이 고개를 끄덕였다. 그는 픽하고 웃었다. 사랑도 잘 모르는 파괴신에게 조언을 받았다. 그리고 무형검을 얻을 수 있을 지도 모른다는 말도 들었다.

"그런데, 미혜도 가면 누가 두 사람을 챙기지?"

❖ ❖ ❖

"아놔, 진짜. 나 이런 식이면 빡치는 수가 있어."

이현인이 잔뜩 화가 난 표정으로 양 팔짱을 낀 채 심술 맞은 표정을 짓고 있었다. 짝다리를 짚고 선 그는 덜덜 다리를 떨면서 알렉스와 파괴신을 번갈아 바라보았다.

"얘네 둘이 신이야?"

"얘네 둘이라니, 사자가 무엄하구나."

알렉스가 미간을 찌푸리면서 엄한 목소리로 말했다. 현인이 코를 긁었다.

"아 갓 어빌리티를 나에게 주신 분이 그분이셨어요?"

"그래, 나 절대신이 바로 너에게 갓 어빌리티라는 위대한 능력을…."

"뭐, 쓸만 하긴 합디다."

알렉스의 미간이 찌푸려졌다. 쓸만하긴 합디다? 라는 말로 얼버무리는 그 말에 적지않은 충격을 받은 것 같았다.

"얼씨구, 이 아저씨는 또 뭐야. 왜 이렇게 옷이 촌스러. 민혁아. 옷 좀 사입혀라."

[촌스러? 그게 뭐지?]

파괴신이 고개를 갸웃했다. 이현인이 잔뜩 삐딱선을 타자 민혁은 어색하게 웃으며 그의 어깨를 두들겼다.

"좀 부탁합니다."

"나도 바뻐 인마."

"중태는 지금 2분대 공격대 대장직 때문에 일이 태산이고 스미스도 별 다를 바가 없잖습니까."

"하! 나도 인마, 할 일 많어!"

이현인도 할 일이 많긴 했다. 하지만 오중태나 스미스에 비할 바는 아니었다. 이현인이 발로 땅을 쎄게 밟았다.

"그러면서 니네 둘은 알콩달콩 여행을 쳐 가!?"

"단순한 여행은 아닙니다."

민혁이 어색하게 웃었다. 현인이 삐딱하게 굴긴 하지만 나름 둘을 잘 챙겨줄 것이다. 방태성을 모시면서 굴렀던 음식 솜씨나 혹은 청소 같은 것도 잘 할 것이다.

문제는 자주 싸울 것이라는 게 문제였지만.

"어이, 사자. 다시 한 번 말해봐. 아까 뭐라고 했어?"

알렉스가 잔뜩 심드렁한 표정으로 으르렁거렸다. 그 틈에서 민혁은 미혜의 손을 잡고 이끌었다.

"도망가자, 빨리."

"응."

두 사람이 여행가방을 챙기고 서둘러 바깥으로 나섰다.

"야이씨! 니들 어딜 도망 가!"

이현인의 고함소리가 들렸지만 차는 이미 시동이 걸린 채 빠른 속도로 기다랗게 이어진 거리를 지나가고 있었다.

❖ ❖ ❖

마포대교는 사람들이 투신 자살을 많이 하기로 알려진 곳이다. 그 때문에 생명의 다리라는 명칭도 생겨났고 그곳에는 투신 자살을 생각하는 사람들의 발걸음을 되돌리기 위해서 갖은 글귀가 써있기도 하다.

'많이 힘들었구나.'

'말 안 해도 알아.'

'기지개 한번 켜고.'

등 다양한 글귀가 적혀져 있었다. 그 앞에 선 한 여인이

있었다. 여인은 이제 겨우 스물 세 살 정도의 나이로 추정
되었다.

그녀는 무척이나 구슬피 울고 있었다. 눈물 콧물 범벅이
된 그녀는 그 글귀들을 보면서도 더 서럽게 울었다.

그녀는 이미 죽자라고 확실하게 마음을 굳힌 상태였다.
그런 그녀의 눈으로 그 글귀가 눈에 들어올 리가 만무했다.

그녀는 자신의 팔을 들춰보았다. 여전히 변하지 않았
다. 괴수의 팔처럼 털이 솟아나고 있었다. 얼굴이나 겉에
보이는 부분은 아니었지만 가슴 부위와 배도 마찬가지였
다.

자신의 몸은 괴수처럼 변하고 있었다. 그녀가 난간을 넘
었다.

난간을 넘은 그녀는 신발을 벗고는 울음을 그치기 위해
노력했다.

"이 방법 밖에라면…"

그녀는 자신을 이렇게 만든 자들을 떠올리면서 주먹을
굳게 쥐었다. 사실 사람의 자살로 하여금 많은 것을 바꿀
수 없다.

하지만 사람들은 자신이 죽으면 무언가 변하지 않을까하
는 착각을 하기도 한다. 낭떠러지의 바로 앞에 놓인 이들의
수많은 착각이다.

그녀가 천천히 발을 떼고는 몸을 던졌다.

그녀의 몸이 빠른 속도로 추락하기 시작했다. 첨벙이는 밤 속의 마포대교의 강물과 가까워지고 있었다.

그녀는 물과 자신의 시야가 근접하자 질끈 눈을 감았다. 곧 저 얼음장 같은 차가운 물이 자신의 몸을 수 천 개의 창으로 찌르듯이 덮칠 것이며, 숨이 터억 막히기 시작할 것이다.

그리고 자신은 죽음을 맞이할 것이다.

수 초가 지났다. 4초, 8초 11초. 그럼에도 그녀의 귀에는 첨벙이는 소리나 혹은 몸을 감싸는 차가운 감촉, 숨이 막히는 통증도 없었다.

그녀의 눈이 천천히 떠졌다.

그녀의 몸이 허공으로 두둥실 떠오르고 있었다.

그리고 이내 그녀는 난간을 넘어서 바닥으로 안전하게 착지 했다.

"허억 허억!"

그녀는 자신도 모르게 놀란 숨을 바닥에 주저 앉아 토해 냈다.

"괜찮아요?"

한 여인이 무릎을 굽혀서 그녀에게 다가왔다. 오민아는 그 손을 자신도 모르게 타악 쳐내며 그녀를 올려다봤다.

스물 초반 정도로 보이는 두 남녀가 서 있었다. 하나 알 수 있는 건 여인이 각성자일 거라는 사실이다.

각성자의 능력으로 이렇게 자신을 끌어올린 듯 보였다.

"왜 죽으려는데 막아요? 당신이 뭔데!"

민아의 독기 품은 눈이 그녀를 서늘하게 노려봤다. 여인은 무슨 말을 해야 할지 몰라 남자를 바라봤다.

"상관하지 말자니까. 무슨 일인지는 모르지만 그것도 견디지 못하고 자기 목숨 버리려는 사람들은 글러 먹었어."

남자는 담배 연기를 허공에 뿜으면서 혀를 찼다. 옆에 선 여인이 깜짝 놀란 표정으로 눈을 휘둥그레 뜨면서 그와 그녀를 번갈아 보았다.

"왜 말을 그렇게 해."

그리고는 그의 어깨를 툭 쳤다.

"그렇잖아. 죽으면 다 해결된다고 생각하는 거 웃기지 않아?"

여인에게 말하는 것 같았지만 한편으로는 민아를 분명하게 겨냥하고 있는 말이었다.

"알지도 못하면서 함부로 말하지 마."

"내가 함부로 말해선 안 될 건 알겠는데, 세상에 당신보다 힘든 사람이 많다는 것도 알겠군."

사내는 픽 웃었다. 민아는 자신의 성격을 박박 긁어대는 그에게 주먹이라도 한 대 날리고 싶었다.

그리고는 바닥에 쓰러진 그에게 소리치고 싶었다. 당신이 도대체 뭘 아냐고! 하지만 그럴 기운조차도 남아있질 않았다.

"잠깐만 여기 있어 봐. 이상한 소리하지 말고."

여자가 사내를 째려보자 남자는 헛기침을 크게 하였다. 순식간에 여인이 사라졌다가 돌아왔다.

그녀의 손에는 물이 있었다.

"이거 마셔요."

여인이 건네는 물을 민아는 자신도 모르게 마셨다.

"다른데로 가요."

"저 여기서 죽을 거예요. 말리지 마요."

민아가 몸을 일으키며 여인의 손을 걷어냈다. 그에 사내가 픽 웃었다.

"우리가 있는데 죽을 수 있을까?"

그것은 일종의 압박이었다. 뛰어내리면 또 끌어올리고 뛰어내리면 또 끌어올리고 반복 될 것이다. 그 말에 민아는 입술을 깨물었다.

뛰어내리는 것을 한 번 해보니, 다시 하기는 쉽지 않아 보였다. 지금도 다리에 힘이 풀려 몸을 지탱하는 것조차도 쉽지 않았으니까.

민아는 그들을 피해서 추적추적 마포대교를 벗어나기 위해 걷기 시작했다.

"따라오지 말라구요!"

그녀가 그렇게 말했지만 여인과 사내는 졸졸 뒤를 쫓아왔다. 계속해서 그들은 그녀가 마포대교를 벗어날 때까지 쫓아왔다.

"혹시 들려줄 수 없어요?"

마포대교를 벗어났을 때 여인이 귀 뒤로 머리카락을 넘기면서 조심스레 물었다.

"왜 죽으려고 하는지요."

민아는 왜인지 모르지만 자신의 억한 심정을 이 두 사람에게 풀고 싶었다. 또 한편으로는 사내에게 가르쳐주고 싶었다.

자신이 죽음까지 택한 이유가 뭔지, 그리고 아까 했던 말을 사과하라고 말하고 싶었다.

그들이 머지 않은 해장국 가게로 들어갔다.

밝은 곳으로 들어왔다. 그녀는 자신도 모르게 옷소매를 끌어당겨 팔 쪽을 더더욱 가렸다. 이것이 어느샌가 습관이 되어 있었다.

하지만 사내는 이미 진작에 그녀의 팔과 몸 쪽이 어떻게 변화되는지 알고 있었고 여인도 마찬가지였다.

❖ ❖ ❖

어느새 뼈다귀 해장국이 나왔다. 김이 모락모락 피어 올랐다. 그녀는 소주를 한 병 주문했다. 여인이 조심스레 민아의 잔을 채워주었다.

한 잔을 들이 킨 그녀가 옷소매를 걷어 보였다. 검은 눈 원숭이라는 괴수가 있다. 놈은 고릴라와 흡사한 크기였는데, 눈동자가 흰자 검은 자 구분이 없이 새까맣기만 한 놈이었다.

놈의 특기는 괴력이었다. 그리고 육식을 즐긴다. 동물이나 혹은 다른 괴수들을 산 채로 뜯어먹기도 하는데 놈은 A-급 정도는 되는 꽤 급 있는 괴수였다.

"검은 눈 원숭이…."

어떠한 괴수의 팔과 흡사한지 짐작한 여인이 중얼거리자 민아는 조금 놀랐다. 본 것만으로도 알아챘다.

그러고보면 사람을 허공에 띄우는 능력을 사용할 수 있는 각성자들은 급이 높은 걸로 안다.

하지만 척 보기에는 두 남녀는 너무나도 어려보였다. 이제 막 중소길드나 들어갈 수나 있을까 싶을 정도였다.

사내, 아니 정확하게는 강민혁도 조금은 관심을 보였다. 사람이 괴수화가 된다? 비슷한 경우는 하나 있다.

이현인이 갓 어빌리티 능력을 통해서 동물화 되는 것과 비슷하다고 할 수 있을 것이다.

"이지스 제약회사라고 아세요?"

사실 알 거라고 생각하면서 하는 질문이었다. 이지스 제약회사는 각성자들 중에서는 모르는 자들이 없는 국내에서 1,2위를 다투는 각성자 전문 제약회사였다.

각성자 전문 제약회사가 대부분 만드는 것이라고 한다면 괴수의 부산물을 이용한 치료제, 차크라 증폭제, 괴수의 부산물을 이용한 일회용 무기 등등이 주로 있는 편이다.

이지스 제약회사는 세계적으로도 꽤 영향력이 있을 정도로 국내에서 꼽히는 기업이었다. 그리고 다르게는 활인길드와도 꽤 친분이 두터운 회사다.

이지스 제약회사가 국내에서 독보적인 이유는 하나다. 단순한 브랜드의 이름 값이 아니라, 이지스 제약회사가 내놓은 물건들 하나하나가 다른 회사에 비해서 탁월한 능력과 힘을 보이기 때문이었다.

"저는 이지스 제약회사의 임상실험 참가자였어요."

임상실험 참가자. 사실 일반 약품이든, 혹은 각성자들이 사용할 물품을 만들기 위해 괴수의 부산물로 제조하는 약품이든 임상실험이라는 것 자체가 위험할지도 모른다.

하지만 '임상실험'이 있기 때문에 약품이 발전하는 것도 분명한 사실이었다.

"아주 극소수의 인원. 적은 인원만 차출하여서 진행된 실험이었어요. 저를 포함해서 네 명이요. 돈은 많이 줬죠."

그녀는 입술을 깨물었다. 부작용이 있을지 모른다, 위험이 있을지 모른다. 물론 알고 있다. 그럼에도 임상실험에 참가하는 이유는 무엇일까.

대부분 같은 이유를 말할 것이다.

많은 돈을 주기 때문이다. 그녀만 해도 이지스에 일주일 사이에 수 천 만원을 받았을 정도다. 물론 그만큼의 위험이 있었고 비밀을 우선시 할 것을 약속 받았다.

"괴수화 알약을 개발하는 것이었는데 사실 그쪽에서도 안전하지 못할 수도 있다고 당부하기는 했어요. 하지만 너무 금액이 커서…."

그녀는 다시 소주잔을 입 안으로 꺾었다.

"그런데 문제는 지금부터예요. 제가 이렇게 된 후부터 저를 감시하기 시작했고, 외부에 발설하지 못하게 막고 있어요. 발설하려고 하면 가족들을 가만두지 않겠다고 협박까지 하고 있어요."

그녀의 소주잔을 쥔 손이 부르르 떨리고 있었다. 이지스도 말 그대로 대기업이었다. 압박할 힘은 충분히 있었다.

"그리고 더 웃긴 건 저를 제외한 네 사람은 무사하다는 거구요. 이 부분에 관련해서 재판을 해도 질 거라고 그쪽에서 그러더라고요. 제 부주의로 인해서 발생된 사례라고 충분히 자료가 확인되었다고요."

민혁은 턱을 어루만졌다.

"언론에 알리려고 할 때마다 막혔나?"

그 질문에 그녀는 고개를 끄덕였다.

"그리고 위협은 주로 어떤 걸로 했지?"

"브로큰 길드라고 아세요?"

민혁의 고개가 끄덕여졌다. 브로큰 길드는 쉽게 말해 각성자들이 모인 조직 폭력배 중에서도 대한민국에서 가장 크기가 큰 전국구 조직 폭력배 집단이었다.

그 힘이 꽤나 막강한 편이었다. 물론 민혁에 비해서는 새 발의 피였지만.

"그 사람들이 제 주위를 감시하고 있어요. 차라리 죽자. 죽어야 차라리 알릴 수 있다. 그래서 어떻게 도망치긴 했는데… 지금도 가족들이 너무 걱정되요."

미혜는 고개를 끄덕였다.

"그래서 어떻게 하고 싶은데요?"

그녀의 질문에 민아는 픽 웃었다. 그녀는 빈 소주잔을 꽉 쥐었다. 그곳에 미혜가 술을 한 잔 더 따라주길 바랬는데, 전혀 다르게 그녀가 손을 뻗어 그녀의 손을 잡았다.

"보상 받고… 원래대로 돌아가고 싶어요."

미혜는 고개를 끄덕였다. 그리고는 민혁을 돌아봤다.

민혁은 콧잔등을 긁었다.

그는 시큰둥하게 시선을 획 틀었다.

미혜의 표정이 크게 일그러졌다. 그녀가 화가 난 표정으로 '도와주자니까!?' 라고 입모양으로 외쳤지만 민혁은 입을 닫은 채 묵언했다.

결국 미혜의 손에 끌려서 민혁이 나왔다.

"왜 안 도와주는 건데?"

"우리가 이런 부분에 관여하면 안 된다고 생각하는데, 미혜야."

민혁은 그녀가 서운할지도 모르지만 이성적으로 말했다.

"돈이 필요해서 임상실험에 참가했어. 그리고 부작용이 와서 괴수화가 되어가고 있다. 이지스 제약회사에서. 이걸 우리가 뭐 이지스에 들어가서 다 때려 부수고 엎으면 끝날 것 같아? 그리고 저 사람은 우리가 오늘 처음 본 사람이야. 우리가 듣게 될 욕도 생각해야지."

아무리 세계 최고의 코리안 나이트 강민혁 어쩌고, 휘페리온 저쩌고 한다고 할지라도 힘을 과시할 때는 그만큼의 명분이 필요한 법이다.

하지만 민혁이 보았을 때에 자신들 쪽에 명분은 없었다. 그저 안타까워서 동정심 때문에 도와줬다? 물론 그럴 수도 있다.

하지만 자신은 정의의 사도가 아니다. 자신이나 김미혜가 움직이면 수 십명이 죽거나 피해를 볼 수도 있는 노릇인 것이 사실이다.

그러나 미혜는 수긍하지 못한 듯 했다.

"됐어, 하기 싫으면 하지 마. 나 혼자서 할게."

"그… 흠…"

그녀를 잡기도 전에 그녀가 휙 들어가버렸다. 민혁은 무안한 듯 머리를 긁으며 담배를 입에 물었다.

여행을 나온 첫 날부터 이런 일과 마주쳐버렸다. 민혁은 일말도 개입하고 싶은 생각이 없었다. 거기에 이지스면 활인길드와 친분도 있으며 이지스의 회장도 그렇게 나쁜 사람은 아니다. 물론 좋은 사람도 아니기는 했지만.

담배를 모두 태울 때쯤 민혁은 생각을 모두 끝마쳤다. 자신이 하지 말라고 해서 안 할 사람이 미혜도 아니었으며 자신은 '코리안 나이트'라는 이름으로도, 지금 도플갱어의 액기스를 마신 신체로도 별로 관여를 하고 싶지 않았다.

답은 간단하다. 미혜가 어떻게 하는지 두고 볼 생각이다. 그녀도 이제는 세계에서 이름 좀 떨친다 싶은 그룹의 멤버 중 한 사람이었다.

그녀라면 알아서 잘 해내지 않을까. 그저 뒤에서 한 번 지켜보고 싶었다.

민혁이 뒤따라 들어갔다.

막 자리에 앉으려는 순간이었다. 민혁과 미혜의 시선이 동시에 휙 문으로 틀어졌다. 여러 개의 각성자들의 기운이 느껴졌기 때문이다.

괴수화 되고 있다고는 하지만 일반인인 민아는 느끼지 못했기 때문에 한 발자국 늦게 시선을 틀었다.

꽃미남 상의 사내의 말에 그녀를 잡고 있던 사내가 놔주었다.

앞으로 검은 색 차량들 두 대가 대기 중이었다.

민아와 미혜는 앞에 선 차에 올랐고, 민혁은 다른 차량에 올랐다.

차가 곧 출발했다.

"하아아암."

민혁이 하품을 쩌억 했다. 감시하듯이 옆에 탄 남성이 황당하단 표정을 짓고 있었다. 민혁은 리무진에라도 탄 것처럼 아예 눈을 감고는 잠을 청하기 시작했다.

"이 새끼, 이거 뭐지?"

"글쎄."

긴장감이라고는 쥐꼬리도 없는 모습에 두 사람이 황당하다는 표정이었다.

❖ ❖ ❖

"어디까지 알고 있지?"

조수석에 탄 꽃미남 상의 남성이 미혜에게 물었다.

"전부요."

"저, 저기. 사, 사실 이 여자애하고 남자애는 아무것도 몰라요…."

"무슨 소리야?"

꽃미남 상의 남자. 강이신은 미간을 찌푸리면서 뒤를 돌아봤다.

"저, 저도 왜 이러는지 모르겠는데, 자살하려고 했는데 만난 아이들이라고요. 저하고 연관도 없고 알고 있는 게 없어요. 그러니까 이 아이들은…."

"무슨 소리예요. 언니. 다 말씀해주셨잖아요. 이지스 제약회사하고 브로큰 길드하고 손잡고 아주 나쁜 짓 많이 했다면서요."

미혜의 눈이 가늘어졌다. 강이신이 픽 웃었다.

"우리가 네 동생들 어떻게 안 해. 네가 조용히만 있으면."

민아의 눈이 격하게 떨리면서 미혜에게로 돌아갔다. 도대체 무엇을 믿고 이러는지 그녀로써는 갈피를 잡을 수가 없었다.

그저 자신으로 인해서 괜한 아이들이 끌어들여 진 것은 아닌지 걱정이 되었다. 차량은 브로큰 길드가 본거지로 살고 있는 곳으로 향하고 있었다.

시간은 새벽 시간이 되어가고 있었다. 민아는 다시 미혜를 돌아봤다. 그녀가 자신의 손을 잡고는 부드럽게 어루만지며 작게 웃고 있었기 때문이었다.

브로큰 길드는 일반인 조직 폭력배를 비롯해서 각성자들로 구성된 조직 폭력배들 역시도 합쳐진 전국구 길드였다.

그들은 조직 폭력배라고도 불리지만 회사원이라고도 불린다. 일반적인 이미지로 보자면 건설회사의 모습을 하고 있었다.

하지만 숨겨진 속 내는 아주 더럽고 흉측하기 그지 없었다. 불법사채, 도박장 운영, 인신매매, 폭행, 청부살인 등 다양한 불법적인 일에 손을 뻗고 있었다.

차에서 내린 미혜는 높게 솟은 브로큰 길드의 빌딩을 올려다보았다. '최고 건설'이라는 이름이 빌딩의 꼭대기 쪽에 크게 박혀 있었다.

강이신은 미혜와 민아를 이끌고 발걸음을 이동했다. 그가 들어서자 앞쪽에 있던 경비원이 작게 고개를 숙여 보였다. 민혁의 옆에 선 이들은 미혜가 향하는 곳과 정 반대 방향으로 이끌었다.

"흐아암."

민혁은 잠에서 깨서 피곤하다는 듯이 기지개를 크게 피면서 입을 쩝쩝 거렸다.

그를 둘러쌓듯이 세 남성이 걷고 있었다. 비상구 문을

열고 나섰다. 그리고는 계단을 밟고 내려갔다.

퀘퀘한 지하실 냄새가 났다. 여유롭게 뒤따라 내려간 민혁은 곧 문 앞에 도착할 수 있었다.

사내 한 명이 문을 열어주었고, 그 안에 들어갔다. 의자가 하나 놓여 있었고 책상이 있었다. 마치 경찰서에서 볼 수 있는 취조실과 흡사한 분위기였다. 다리를 꼬고 앉은 민혁은 몸을 일으켰다.

'흐으음.'

몸을 일으킨 그는 의자를 의식했다. 평범한 나무 의자처럼 생겼지만 속박 장치가 형성된 것으로 추정되었다.

"오, 왜?"

사내는 흠칫했다. 설마 알아챈 걸까 싶은 것이다. 이 어린 나이에 그런 것을 알 수 있다고?

하지만 곧 민혁이 대수롭지 않게 자리에 다시 앉자 안도의 한숨을 쉬었다.

사내 한 명이 리모컨을 들었다. 그가 버튼 하나를 누르자 의자에서 나무줄기 같은 것이 뻗어 나와 민혁의 온 몸을 속박했다.

"허억, 이, 이게 뭐야!"

민혁은 당황한 것 같은 목소리를 뱉어냈다. 나무줄기 같은 그것은 민혁의 온 몸을 단단히 속박했다.

"가만히 있어. 곧 끝나."

한 사내가 다가왔다. 그는 해골 표시가 그려진 조그마한 약병에서 보톡스를 뽑아내듯이 약물을 뽑아내었다.

정체는 모르지만 자신을 죽이거나, 잠들게 하거나 둘 중에 하나일 것이다. 브로큰 길드는 말 그대로 조직 폭력배다.

사람 하나 죽이는 것쯤은 우습다. 어쩌면 오늘 오민아도 죽일 지도 몰랐다. 더 이상 감시하기 피곤해졌다고 판단했을 지도 모른다.

애초에 죽이는 방법도 있었겠지만 아무리 조직 폭력배라고 해도 바로바로 죽일 수는 없다. 잠시 상황을 지켜보고 죽이지. 그렇지만 지금은 상황을 지켜보기에는 계속 안 좋아지고 있으니까.

"으허어억! 그, 그게 뭐예요! 살려주세요!"

민혁은 두려움에 떠는 영낙 없는 스물 한 살 청년처럼 나무줄기에 꽁꽁 묶인 채 비명을 질렀다.

사내가 주사기의 뒷부분을 누르자 내용물이 찍하고 튀어나왔다. 그는 서서히 민혁의 팔로 주사기를 가져다 대었다.

비명을 지르던 민혁의 표정이 굳어졌다.

"하지 말라니까. 진짜."

투욱!

그가 힘을 가볍게 주자 나무줄기가 마른 나뭇가지처럼 맥없이 툭 끊어졌다. 몸을 일으킨 민혁이 당혹한 사내들을 볼 수 있었다.

"어떻게… A급 각성자들도 풀기 힘든…."

"A급 각성자들보다 강하니까."

퍼억!

주먹으로 한 대 후려치자 뒤로 날아갔다. 남은 둘도 너무나도 쉽게 바닥에 널브러졌다. 죽이지는 않았다.

단지, 깨어나려면 시간 좀 걸릴 것이다. 민혁은 눈을 감고 미혜의 차크라를 쫓았다. 아마도 미혜가 있는 곳에서는 더 재밌는 상황이 벌어지고 있지 않을까 싶었다.

❖ ❖ ❖

민아는 바로 옆 방에 있었다. 강이신은 흥미로운 표정으로 의자에 앉아 테이블 하나를 사이에 두고 마주보고 있는 미혜를 바라봤다.

나이는 스물 한 살이라고 들은 것 같다. 확실히 얼굴이 예쁘다. 엄청난 미모의 여인이다! 싫지는 않았지만 중상은 되는 것 같았다.

그녀가 다리를 꼬았다. 골반이 블록하게 튀어나오고 가슴이 봉긋하게 솟아오른 것이 절로 마른 침이 꿀떡 넘어갔다.

더군다나, 저 도도한 표정하며 입가에 작게 맺어진 미소는 탐닉하고 싶은 욕구를 불러 일으켰다.

미혜는 머릿속으로 빠르게 계산을 하고 있었다. 어떤 식으로 개입을 할까. 라는 계산이었다.

헌데, 앞에 앉은 사내는 그 계산을 굳이 하지 않아도 되게 만들어준다.

"네 언니는 오늘 둘 중에 하나야. 죽거나 살거나."

미혜의 미간이 찌푸려졌다.

"브로큰 길드라고 들어봤지? 사실 우리는 그 길드다."

미혜는 깜짝 놀란 표정이 된 것처럼 눈을 크게 떴다. 휘둥그렇게 눈을 뜬 그녀의 앞으로 성큼성큼 사내가 다가왔다.

그가 그녀의 어깨 위에 손을 올리고 어깨를 쓰다듬었다.

"살릴 수 있는 방법이 하나 있긴 한데."

강이신은 천천히 몸을 낮췄다. 팔에 힘을 주어 의자가 자신 쪽을 돌아볼 수 있게 조정하였다. 그녀와 눈을 맞춘 이신은 빙그레 웃었다.

"흐음."

그러면서 그녀의 가슴과 다리 쪽을 내려다봤다. 겁먹은 듯한 미혜에게로 이신이 천천히 입술을 내밀었다.

"잠깐만."

미혜가 심호흡을 크게 쉬면서 손을 앞으로 뻗어 막았다.

"기, 긴장되서…"

"아하, 그럴 수 있어."

강이신이 어깨를 으쓱거리며 귀엽다는 표정으로 그녀를
내려다봤다.

"이런 식으로 이지스 제약회사는 일이 틀어지면 항상 막
은 건가요?"

"그 속을 보니까 더럽나?"

강이신은 피식 웃었다. 담배 한 가치를 입에 문 그는 불
을 붙여 길게 뿜어냈다.

"하지만 그래서 뭐? 이지스는 세계적으로도 유명한 각성
자 전문 제약회사지. 이지스가 우리나라의 상품을 널리 알
리는데에도 크게 한 몫 단단히 하고 있어. 그리고 이지스
덕을 톡톡히 보는 이들도 많지. 오민아 양의 일은 무척 안
타까운 일임이 사실이야."

담배 연기를 뿜으면서 그는 미혜의 양 어깨를 주물럭 거
렸다.

"하지만 소수의 희생으로 수많은 이들이 이득을 보지.
이지스의 개발팀의 누군가는 이 약이 상품화되서 대박을
터뜨리면 고속승진해서 가족들과 떵떵거리며 살겠지. 그리
고 각성자들. 이지스는 일반인들도 각성자처럼 강한 힘을
가질 수 있는 방법을 찾고 있어. 그렇게 되면 그 약 한 번에
어마어마한 값어치를 얻을 수 있을 테니까. 일반적인 방법
으론 힘들 테고. 아… 필요하면 언제든 괴수화가 되는 건
어떨까 해서 이번 G-32프로젝트가 진행되기 시작했지."

그는 담배 연기를 뿜으면서 웃었다.

"그리고 그 일을 도운 우리 브로큰 길드도 막대한 금전적인 지원을 받게 되겠지. 이번 실험에 참가한 이는 총 다섯이었고 그 중에 딱 한 사람만이 부작용이 발생했다. 다른 네 사람의 경우는 필요에 따라 괴수화가 될 수 있어. 이 얼마나….."

그 말이 끝나기 전이었다. 문이 열리면서 안경을 낀 신사적인 사내가 들어왔다. 마흔 살 초반 정도로 보이는 사내는 오른 손은 주머니에 넣고 왼 손은 넥타이를 가볍게 풀고 있었다.

"이 얼마나 획기적인 일이고, 인류의 발전인가. 뭐하러 그런 쓸데 없는 이야기를 하십니까. 강팀장님."

미혜는 사내를 유심히 바라보았다. TV에 아주 가끔 모습을 드러내는 것 같은 사내인데 정확하게 기억은 안 난다.

이지스 제약회사에서 꽤 높은 자리에 앉아 있는 이인 걸로 기억한다.

"아, 이 여자가 궁금한 게 많은 것 같아서요."

"오민아 씨 일은 대충 들었습니다. 도망 갔다고요. 마포대교 인근에서 발견되었고, 죽지는 않았다고."

죽지는 않았다는 말에 사내의 눈에서 아쉬운 기색이 스쳐 지나가는 것이 잠깐 보였다. 하지만 그것은 순간이었다.

"참 다행이죠. 자살하기 전에 저희가 미리 찾아냈으니까요."

"이 여성분은 오민아 씨의 친한 동생 분이라고요?"

"그렇죠."

남성은 미혜와 이신을 한 번씩 번갈아 보고는 훗 웃었다.

"알아서 잘 하시겠죠. 정리가 끝나면 나오시죠."

사내는 미련없이 몸을 돌렸다. 미혜는 계속 그의 이름이 무엇일까 생각하고 있었다. 곧 기억이 난 그녀가 문고리를 잡은 그의 등에 이름을 불렀다.

"이재호 박사님이던가요?"

문고리를 잡았던 사내가 조심스레 놓으며 뒤를 돌아봤다. 생긋 웃은 그는 삐뚤어진 안경을 맞췄다.

"제 이름을 알아주시다니, 고맙군요."

"알다마다요. 우리나라의 차크라 증폭제가 세계 점유율 1위를 달리는 이유가 이 박사님 덕택이라던데. 이것도 많은 희생이 있었겠죠?"

미혜는 얄밉게 은근히 파고 들어 질문했다.

"이 작은 희생으로 수많은 각성자들이 매일 득을 보죠. 몇 십 만원짜리 약 한 병으로 잠깐이지만 자신을 초월할 수 있으니까요."

"그래서 희생은 당연하다고 생각하시나요?"

"불가피하다면. 이런 제가 말이 너무 길었군요. 이만 나가보겠습니다."

이재호 박사는 신사적인 척을 잊지 않았다. 넥타이를 다시 고쳐 맨 그가 나서려던 때였다.

미혜가 품에서 휴대폰을 꺼내었다. 휴대폰 화면에 녹음기 모습이 떠올라 있었다. 그녀는 녹음 저장 버튼을 꾹 눌렀다.

"이 녹음 내용이 세상에 나가면 어떻게 될까요."

이재호의 얼굴이 일그러졌다가 이내 픽 웃었다.

"괜찮습니다. 어차피 오늘 여성분은 나가시지 못할 테니까요. 강 팀장이 말했던 것처럼 인류의 발전을 위해서 오늘 소박한 희생을 하시게 될 겁니다."

"저에게 강제로 약이라도 먹여서 실험을 하겠다는 건가요?"

"그냥 버리기에는 아까운 몸이지 않습니까."

이재호는 너무나도 태연하게 말하고 있었다. 미혜는 구역질이 울컥 터져 나왔다. 예전에는 울보에 겁쟁이였다지만 지금은 달랐다.

강함이 그녀를 변하게 하였고, 이제까지 있었던 고난이 그녀를 성장시켰다. 몸을 일으킨 그녀가 그의 앞으로 성큼성큼 걸어갔다.

입 한 쪽을 올려 웃은 미혜는 그의 어깨에 묻은 먼지를 털어주었다.

"죄송하지만 전 오늘 여길 나갈 거거든요. 오민아 씨와 함께. 이런, 별로 관여할 생각은 없었는데. 방금 전 강 팀장님이라는 분이 저를 성희롱 하셨고, 이 박사님은 저를 실험용 쥐처럼 말씀하셨네요? 가만히 있으면 안 될 것 같아요."

"웃기는 계집이었어."

강이신이 피식 웃었다.

미혜의 표정이 서늘하게 굳었다.

"제 남자친구는 어디 있나요?"

"지금쯤 마취에 취해서 이지스 생체 실험실로 후송되고 있겠지."

"틀렸어요. 밖에서 절 기다리고 있어요. 원래 남자들은 여자친구를 잘 기다려주죠."

이재호의 미간이 찌푸려졌다. 자신이 들어올 때 바깥에는 앞을 지키는 사람들 몇을 제외하고 다른 특별한 이는 없었기 때문이다.

"무슨 말 같지도 않은 소릴…."

이재호가 문을 열어젖혔다. 그리고 말을 끝맺지 못했다. 복도 쪽에 일어난 일 때문이었다. 앞을 지키고 있던 사내들이 모두 바닥에 널브러져 있었다.

그리고 그 앞에서 벽에 기대어 담배를 피는 앳된 사내가 보였다.

"그렇지. 여자친구들을 잘 기다려주지."

민혁은 픽 웃었다. 그러면서 발로 문을 차서 다시 닫아버렸다.

"네놈들 정체가…."

강이신이 미혜의 머리를 잡아채기 위해 손을 뻗었다. 강이신은 A+급의 각성자다. 그는 브로큰 길드에서 무력으로는 세 번째 정도는 될 정도로 강한 자였다.

하지만 강이신의 손은 미혜의 머리를 잡지 못했다. 그의 손을 모래가 부드럽게 감싸더니 이내 손아귀 뼈를 아스라뜨렸다.

우지지직

"끄아아아악!"

갑작스럽게 벌어진 일에 강이신이 손을 부여잡고 바닥을 뒹굴었다. 이재호의 눈이 휘둥그레 커졌다.

"네, 네 년 정체가…."

"이지스는 분명히 무척이나 큰 대기업이지요. 말씀하신 것처럼 세계적인 기업이 분명해요. 우리나라에서도 재계 15위 안에 드는 건장한 기업이니까요. 말씀하신 것처럼 각성자들, 정확하게는 인류의 발전에 이바지 하고 있는 것도 사실이에요. 하지만 그 작은 희생조차도 없어야만 훌륭한 기업 아닐까요? 아, 정정할게요."

미혜는 손가락 하나를 들어 올리며 생긋이 웃었다. 민혁은 그녀를 담배 연기를 뿜으면서 지긋이 바라보았다.

처음 만났을 때, 그리고 훈련을 받을 때 그녀의 울보였던 모습이 잠시 스치고 지나갔다. 자신에게 퇴소를 하겠다던 그 모습도 스치고 지나갔다.

'이렇게 사랑하게 될지 몰랐지.'

그는 빙긋 웃었다. 그녀는 변했고 자신도 그녀 때문에 변하는 것이 분명하게 있었다.

"희생이 없다라는 것은 정말 불가능할지도 몰라요. 하지만 참된 기업이라면 그 희생을 감싸고 안아줄 줄 알아야 한다고 생각합니다."

"…누구냐고 물었어!"

이재호 박사가 짙게 으르렁 거렸다. 강이신이 갑자기 키득거리면서 웃기 시작했다.

"끄흐흐흐흐! 푸흐흐흐! 너희 년놈들이 누군지는 몰라도, 끄흐읔! 이미 오민아 그년은 실험실로 끌려 갔을 거다. 크흐흐흐! 그만두지 않으면 그년을 죽이라고 지시하겠어."

강이신도 알았다. 방금 전 여인이 행한 것이 무엇인지 보지도 못했지만 감당할 수 없을 정도로 강한 여인이었다. 남성도 크게 다를 바는 없었다.

그렇지만 두 사람은 이곳에서 시간을 너무 끌었다는 아둔함을 보이고 있었다. 그에 미혜가 생긋 웃었다.

"누가 끌려가요?"

"오민아… 그년!"

강이신은 악에 받쳐서 빽 소리를 쳤다. 그 순간, 복도의 모퉁이를 지나 한 여인이 모습을 드러냈다. 바로 오민아였다.

오민아는 자신도 무슨 상황인지 모르겠다는 표정으로 깜짝 놀라 문 너머에서 벌어지고 있는 일에 입을 막고는 눈을 크게 떴다.

강이신이라는 사내가 바닥을 뒹굴고 있었다. 그뿐만이 아니었다. 여유로운 표정으로 젊은 사내는 담배를 뻐끔거리고 있었으며 이재호 박사는 당혹한 표정을 짓고 있었다.

미혜는 그녀에게 모래를 흘렸다. 그 모래는 미혜에게 눈이 되기도 했다. 다른 방 안에서 사내들은 그녀에게 마취약을 투여하려 했고, 미혜는 모래를 이용해서 그들을 공격했다.

그들이 쓰러지고 모래를 이용해 그녀를 이곳으로 안내했다.

"모래…."

이재호의 표정이 처참하게 일그러졌다. 오민아의 주위에 두둥실 떠다니는 모래. 모래를 이용하는 각성자들의 숫자는 꽤 되었다.

그들 대부분이 두 사람을 선망한다. 바로 줄리안 무어와 그녀의 제자인 김미혜였다.

요새는 김미혜의 이름이 더욱 높은 추세였다. 그녀는 줄리안 무어보다 더욱 강하게 성장했으니까.

특히나 대한민국에서는 그녀를 모르는 사람이 없을 것이다.

"설마…."

이재호의 눈이 부릅 떠졌다. 김미혜라면? 그녀가 우리나라의 휘페리온의 일원 중 한 사람이라면? 생각만 해도 끔찍한 일이었다.

부디 아니기를 바랬다. 그 순간이었다. 민혁의 몸이 꾸물꾸물거리면서 변하기 시작했다.

"아, 약을 안 먹었군."

민혁은 미간을 찌푸렸다. 도플갱어 액기스의 시간이 지났다. 곧 그가 본래의 모습으로 돌아오기 시작했다.

강이신은 자신의 바스러진 손을 잡고 있으면서도 그 모습을 놓치지 않았다. 곧 이어 완전히 드러난 얼굴을 본 그는 숨이 꺼억꺼억 넘어갈 것만 같았다.

"가, 가가, 강민혁…."

강민혁. 세계에서 이길 자가 없는 최강자. 대한민국을 최고의 강대국으로 만든 사내. 재앙을 막아낼 수 있는 유일한 자.

이재호도 당혹하기는 마찬가지였다. 그는 뒷걸음질을 치면서 김미혜를 바라보았다.

"저, 정말 기, 김미혜는 아니겠지."

미혜는 대답 없이 빙그레 웃기만 하였다. 그 미소가 섬뜩해 보일 정도였다. 오민아는 여전히 놀란 표정으로 미혜와 민혁을 번갈아 볼 수 밖에 없었다.

비각성자인 그녀도 두 사람이 가지고 있는 이름이 어느 정도인지 알고 있었다. 특히나, 강민혁이라고 한다면 세계의 그 어떤 이도 대적하지 못하는 자이며, 세계에서 가장 영향력 있는 1인 아니던가.

자신에게 독설을 뱉었던 그 사내가 강민혁이었다는 것은 놀랍기 그지 없는 것이었다.

"이제 상황이 어떻게 될 지는 짐작 하시나요?"

미혜의 말에 이재호는 다리에 힘이 풀린 듯이 주저 앉았다.

다른 사람도 아니고 휘페리온의 김미혜를 성희롱하는 발언을 강이신은 하였다. 거기에 멋도 모르고 생체 실험에 관련하여서 운운하였다.

그녀는 그것을 녹음하였다. 다른 이였다면 이지스 제약회사의 힘으로 막을 수 있었을 것이다.

언론이나, 민심은 결국은 힘에 따라서 움직이기 마련이었으니까. 하지만 두 사람은 개개인이라고 할지라도 한 기업보다 더 우위에 선 힘을 가졌다.

더군다나, 개개인이 아니었다. 강민혁과 김미혜의 등 뒤로는 활인길드가 버젓하게 버티고 있었으며 민혁과 활인길드 마스터 오재원이 오랜시간을 함께한 벗이라는 건 세 살 짜리 갓난 아이도 아는 사실이었다.

"일단 두 분은 짤리시겠네요. 후훗."

미혜는 생긋 웃으며 오민아에게 다가왔다.

"모두 잘 될 거예요. 걱정 마요."

"어떻게 할 거야?"

민혁의 질문에 미혜는 고개를 갸웃했다. 그 질문은 지금 이곳을 엎을 것인지 아니면 다르게 손을 쓸 것인지 묻는 것이었다.

곧 알아차린 미혜가 웃었다.

"경찰에 신고해야지."

민혁은 고개를 끄덕였다. 그녀다웠다. 실상 지금 브로큰 길드를 엎어버리면 다양한 문제가 나타난다.

예전에 활인길드가 화랑 길드와 연관되어 있었던 자잘한 조직 폭력배 집단들을 처리하던 때와는 조금은 다른 일이었다.

엄연히 브로큰 길드는 최고 건설이라는 이름의 거대한 회사이기도 하였다. 이 회사의 사람들 전부를 어떻게 해버린다면 활인길드가 받게 될 피해도 컸으며 김미혜와 강민혁. 이 두 이름이 가지게 될 피해도 적지는 않을 것이었다.

곧장 오민아와 함께 향한 곳은 바로 경찰서였다. 김미혜
와 강민혁의 등장에 경찰서는 빠르게 뒤집어 엎어졌다.

요즘의 경찰이나 검찰은 두 가지로 분류된다. 일반인들
의 일을 보통 처리하는 경찰이나 검찰, 혹은 각성자들의 일
을 처리하는 경찰이나 검찰이다.

일반인들의 일을 처리하는 경찰이 약 9의 비율을 차지한
다면 각성자들의 일은 1의 비율의 이들이 차지한다.

각성자들이 문제를 의외로 많이 일으키기는 하지만 각
성자가 되는 것 자체가 무척이나 희소한 일이었기 때문이
다.

경찰서 서장이 나오는 것은 당연했고, 검찰 측에서도 얼
마 지나지 않아서 도착했다.

"이범현 검사입니다."

악행위를 일삼는 각성자들을 잡아넣는 검사 중에서 아주
유명세를 크게 떨치는 검사가 한 명 있었다. 바로 김미혜와
강민혁, 오민아와 마주 앉은 사내였다.

그는 서른 초반의 젊은 사내였지만 각성자로써의 급도
아주 높은 편에 속했으며 머리도 뛰어났고 무엇보다도 불
도저 같이 외압에 구속 받지 않는다고 하여서 꽤나 유명세
를 떨쳤다.

녹음기의 내용을 모두 들은 이범현 검사는 고개를 끄덕였다.

"최고 건설. 언제 한 번 털 날만 기다리고 있긴 했는데, 감사하군요. 그리고 이지스 제약회사와 관련된 소송도 이제까지 많았지요. 하지만 하나 같이 피해자들은 패소해왔던 것이 사실입니다."

그는 만족스러운 미소를 짓고 있었다.

"한낱 실험에 참가한 사람들이 이지스 제약회사라는 거대한 대기업을 이기기는 거의 불가능이었으니까요. 하지만 이 안에는 이재호 박사가 직접 말한, '불가피한 희생'이라는 부분이 분명히 있습니다. 앞으로 그러한 소송에서 많은 말들이 나오게 될 것입니다. 그리고 저희 검찰은 이지스 제약회사 역시도 압수수색을 곧 바로 시작하게 될 겁니다."

미혜는 만족스럽게 웃었다. 민혁은 고개를 끄덕였다. 그녀의 선택은 현명했다. 만약 자신이었다고 가정한다면?

자신이 일단 엎어버렸을 지도 모른다. 그 다음에 오재원에게 전화를 넣었겠지. 현실적으로 미혜의 판단이 맞다고는 해도, 강민혁의 일처리 방식과는 다른 게 사실이니까.

"그리고 오민아 양께서는 소송을 넣으셔도 될 것 같고요. 이지스 제약회사 측에서 최대한 빠른 시일 내에 원래대로 돌아갈 수 있는 방법을 찾게 하는 게 좋을 것 같군요."

이범현의 말에 미혜는 고개를 저었다.

"소송으로 되겠어요?"

이범현과 민혁이 고개를 갸웃했다.

"얼마나 걸릴까요?"

그녀의 질문에 세 사람 모두 아리송한 표정이 되었다.

"이지스 제약회사 회장의 비서실로부터 전화가 걸려오는게요."

그 말이 채 끝나기도 전이었다. 김미혜의 휴대폰이 요란하게 울었다. 그녀는 생긋 웃었다. 예상했다는 듯한 표정이었다.

"예. 김미혜입니다."

-안녕하세요. 김미혜 님. 이지스 제약회사 비서실장 연민지라고 합니다. 다름이 아니라…

"아, 됐고요. 저 여기 xx경찰서입니다."

미혜는 그 말을 끝으로 뚝 전화를 끊어버렸다. 세 사람이 어안이 벙벙한 표정을 지었다. 그녀는 또 다시 말했다.

"얼마나 걸릴까요. 도착하는데."

이범현이 테이블 위에 올려놨던 손을 빼내면서 어깨를 으쓱해 보였다. 민혁도 픽 웃었다.

미혜는 자신이 지금 가지고 있는 입지가 얼마나 대단한지 알고 있는 것이었다. 더군다나, 이지스 제약회사의 회장. 이문식은 똑똑히 들었을 것이다.

자신의 회사의 사람들이 김미혜와 강민혁을 건드렸다는 사실을. 이지스 제약회사의 회장 이문식도 머리가 바싹한 사람이다.

그러니까 회장직에 있을 것이다. 그런 그가 두 사람을 건드렸을 때 일으켜질 파장이, 앞으로 언론에 퍼질 파장보다 더 큰 것임도 알 것이다.

앞으로 이지스 제약회사는 많은 소송이 걸려 올 것이고 구설수에 오르락 내리락 입방아에 오르겠지만 지금 더 시급하게 생각하는 건 김미혜와 강민혁에 대한 사과일 것이다.

민혁과 이범현이 함께 입에 담배를 물고 밖으로 나갔다.

"강민혁 씨와 담배를 피게 되다니, 영광입니다."

민혁은 말없이 빙긋 웃기만 했다.

"그런데 어쩌다 이런 일에 개입을…."

이범현이 보았을 때 강민혁이 이런 일에 개입하기를 좋아하는 사람 같지는 않았다. 그랬다면 이제까지 뉴스에 시도 때도 없이 이런 일로 모습을 드러냈을 것이다.

그만큼 우리나라에는 이지스 제약회사에서 행했던 일보다도 더욱더 악질적이고 암묵적인 일들이 많았다.

"어쩌다 보니까 그렇게 되었네요."

민혁이 쓰게 웃으며 경찰서 안의 미혜를 바라보았다. 이범현이 코를 긁적이며 웃었다.

"아하."

그의 작은 웃음에 민혁이 헛웃었다.

"왜요."

"아닙니다."

이범현이 웃음을 지으면서 담배 연기를 뿜었다. 곧 두 사람의 시야로 빠르게 달려오는 검은 색 차량들이 보였다. 총세 대였다.

"왔군."

민혁이 손목시계를 바라봤다. 미혜가 전화를 받고 난 후 정확히 30분 만에 도착했다. 이지스 제약회사의 본부가 이곳에서 1시간 거리 정도 되는 것을 감안하면 겁나게 밟았다는 것을 짐작할 수 있을 것이다.

세 대의 차 중 가장 앞에 선 차에서 정장을 차려입은 경호원들이 내렸다. 막 중앙의 차의 뒷문을 열어주려는데, 기다릴 새도 없이 한 남성이 다급하게 내렸다.

내린 남성은 예순 정도 되는 나이였다. 뚱뚱한 체격의 사내는 헐레벌떡 경찰서로 뛰어가다가 민혁을 발견하고는 소스라치게 놀랐다.

"아이고! 강민혁 니이이임!"

이지스 제약회사의 경우는 민혁이 염인빈일 때부터 활인 길드와 다리가 놓여져 있었다.

자신을 잡고 죄송하다 뭐다하는 사람에게 민혁은 아무런

말도 하지 않고 안 쪽을 턱짓했다.

이문식 회장이 서둘러 안으로 뛰어 들어가는 모습이 보였다. 민혁도 얼마 후 뒤따라 들어갔다.

다시 이야기가 시작되었다.

"이거 정말 죄송하게 되었습니다."

이문식이 이마에서 흐르는 땀을 손수건으로 닦으면서 말했다.

"저희 말고. 이분한테 죄송해야죠."

미혜가 서늘한 목소리로 말하자 이문식이 벌떡 몸을 일으켜서 상체를 정중히 90도로 숙였다.

"정말 죄송합니다."

"아아, 네, 네."

오민아에게는 꿈만 같고 놀랍기만 한 일이었다. 분명이 몇 시간 전만 해도 자신은 마포대교 앞에서 자살을 생각하고 있었다.

이지스 제약회사의 강압적인 행동과 더불어 사과라고는 눈꼽만큼도 찾아볼 수 없는 모습과 나몰라라. 그리고 이지스를 통한 브로큰 길드의 압력 때문이었다.

하지만 몇 시간 만에 판새가 바뀌었다. 이문식 회장의 경우 이렇게 시간을 몇 십 분 비우기도 아주 힘든 사람이었다.

그 사람이 피해자 한 사람 때문에 경찰서로 출두했다. 물론 강민혁과 김미혜의 영향이 큰 것이 사실이지만.

미혜는 다시금 아까 전에 확보했던 녹음 내역을 이문식 회장에게 들려주었다. 이야기 하나하나를 들을수록 그의 얼굴이 사색이 되고 있었다.

물론 세세한 일처리 방식을 이문식 회장이 알겠냐만은 수장을 따라서 부하들도 행동하기 마련이었다.

그의 행동에 문제가 있기 때문에 이러한 일이 진행이 되었을 것이고, 결정적으로 최종적인 승인은 항상 이문식 회장이 내렸을 것이다.

"불가피한 희생은 당연한 건가요?"

"아니죠, 아닙니다!"

누가 본다면 정말이지 깜짝 놀랄 일이다. 예순이 넘는 나이의 대한민국 재계에서 내로라하는 남성이 스물 초반의 여성의 앞에서 쩔쩔 매고 있었으니 말이다.

"만약 제가 뜻하지 않게 이렇게 개입되지 않았다면 얼마 후에 '이지스 제약회사 괴수화 알약 개발.'이라면서 방송이 나가고 세계를 떠들썩 했겠네요."

미혜는 빙긋 웃었다. 이문식 회장의 속은 타 들어갔다. 괴수화 알약의 프로젝트 진행은 이재호가 맡았고 그에 관련한 보고가 올라 왔을 때 그도 상당히 흥분해 있었다.

이것이 현실화 된다면 이지스는 세계에서 새롭게 한 발 더 도약하여 더 이상 따라올 수 없는 제약회사가 될 수 있을 거라고 확신하였다.

그리고 괴수화 알약의 시중가는 한 알에 백 만 원 이상을 잡을 정도로 높게 측정되어 있었다. 최소한 수 백 조의 이익을 예상했다.

그렇지만 이제는 모두 물거품이 되어버린 상황이었다. 그 뿐만이 아니라 검찰에서는 자신에게 출석 요구를 할 테고, 언론과 민심은 뜯어먹기 위해 달려들 것이 분명하다.

"전 이 녹취록을 방송국에 넘길 거예요."

그 말을 들은 이문식은 머리가 새하얘지는 기분이었다. 뒤에 선 경호원들의 미간도 찌푸려졌다.

"미, 미혜 양. 미혜 양이 많이 화가 나신 것은 이해합니다. 하지만 저희 이지스와 활인 길드가 이제까지 맺었던 우호적 관계를 생각해서라도…."

이지스 제약회사는 활인 길드에 수많은 물품들을 보급해 주었다. 이유는 하나다. 활인길드의 성장에 우리 이지스도 한 몫했다. 라는 것을 알리기 위해서였다.

이문식은 그처럼 활인길드의 성장을 한 수 앞서 본 사내일만큼 영리한 자인 것이다.

"활인길드가 뭐요?"

민혁이 심드렁한 목소리로 입을 열었다. 그는 종이컵에 담긴 커피를 홀짝였다. 미혜는 이지스 회사와 활인길드가 거래를 하기 시작했을 때에는 일개 중학생 밖에 되지 않았다.

반대로 민혁은 염인빈일 때부터 지켜봐 왔다.

민혁의 질문에 이문식은 입을 어버버 거렸다. 그러더니 오민아를 바라봤다.

"최, 최선을 다해서 고치겠습니다. 암, 고쳐야지요! 지금 당장 개발팀에 연락해!"

방법은 어떻게든 있어야 했다. 미혜는 이 부분을 일부러 유도한 것이기도 했다.

혹시라도 지금 당장 방법이 없다면 이지스는 빠른 시일 내로 만들어 내야 할 것이었다.

"보상은요?"

"최선의 보상으로 할 예정입니다!"

"이제까지 있었던 피해자들은요?"

"그들도요!"

이문식의 목에 핏대가 어렸다. 미혜가 실실 거리며 웃었다. 민혁은 자신의 여인을 그저 바라봤다. 언제 이렇게 능구렁이가 되었지?

"그렇군요. 잘 들으셨죠? 아무튼 이 녹취록은 넘길 거예요."

김미혜는 애초에 이 녹취록을 파기할 생각도 세상에 알리지 않을 생각도 없었다. 그러기에는 브로큰 길드와 이지스 제약회사가 너무나 괘씸했다.

이문식의 얼굴이 처참히 일그러졌다. 허나, 그는 애원

밖에 할 수 있는 게 없었고, 김미혜는 완강하게 자신의 의사를 밝히며 거절했다.

그가 한 시간 동안 애원한 후에야 돌아가고 나서 미혜는 오민아의 손을 잡아줬다.

"들었죠? 최선을 다해서 도와줄 거예요. 혹시라도 무슨 일 생기면 이 번호로 연락 주시고요."

미혜는 자신의 지갑에서 명함을 꺼내서 건네주었다. 오민아는 자신도 모르게 양 손으로 공손히 받았다.

그녀는 눈앞에서 벌어진 일을 아직도 믿지 못하고 있었다. 자신보다 어린 여인이 국내 최고의 기업을 이끄는 기업인을 한 낱 어린아이 다루듯이 움직였다.

그리고 사색이 된 채 돌아가게 만들었다.

"고맙습니다…."

오민아가 고개를 꾸벅 숙여 보였다. 미혜와 민혁이 천천히 몸을 일으켰다.

두 사람은 취조실 쪽으로 걸음을 옮기고 있었다.

"다음에 또 뵐 수 있을 거예요."

"예?"

"음?"

이범현과 오민아가 고개를 갸웃했다. 두 사람이 문을 열고 안으로 들어갔다. 그리고 한참동안이나 나오지 않았다.

이범현이 의아한 표정으로 다가가 문을 열었다. 그 안에는 테이블과 의자만이 놓여 있었다.

범현이 픽 웃었다.

"바람처럼 나타났다가 바람처럼 사라졌다라는 말이 딱 이럴 때 쓰는 거군요."

그는 피곤한 기색으로 하품을 크게 했다. 그러면서 그녀의 앞으로 다가갔다.

"일단은 저와 함께 서울지방검찰청으로 가시죠. 해야 할 일이 많아요. 이지스 제약회사부터 브로큰 길드까지. 전부 조져야죠."

오랫동안 갈망했던 것처럼 이범현 검사가 눈을 빛냈다. 앞으로 남은 일은 모두 그에게 남겨진 숙제였다.

❖ ❖ ❖

제주도에 위치해 있는 호화로운 5성 호텔의 스위트룸에 민혁과 미혜가 함께 서 있었다. 두 사람은 각자의 손에 와인잔 하나씩을 쥐고 있었다.

와인잔에는 붉은 색의 출렁이는 레드와인이 진득하게 묻어나고 있었다.

와인을 홀짝인 미혜는 창 밖으로 보이는 바닷가를 내려다보고 있었다. 조심스레 다가선 민혁이 그녀를 등 뒤에서 껴안았다.

"왜 이렇게 변했어?"

"뭐가?"

그녀가 고개를 살짝 틀어 그와 눈을 맞췄다.

"예전에는 겁쟁이에 울보였잖아. 그런데 요즘은 되게 까칠한 차도녀 같기도 해."

민혁이 부드럽게 웃으면서 자신의 콧잔등과 그녀의 콧잔등을 맞췄다. 미혜의 양 입꼬리가 올라갔다.

"그래서 싫어?"

"아니, 더 매력 있어."

민혁이 능글맞게 웃자 미혜가 살짝 그의 가슴 팍을 때렸다.

"나한테는 차도녀가 아니니까."

"한 번 할까? 차도녀?"

"아니, 난 그런 거 싫어."

민혁은 고개를 저었다. 미혜가 와인잔을 한 쪽에 내려놓고 그의 양 볼을 손바닥으로 붙잡고는 입을 쪼옥 맞췄다.

"왜 우린 어디 갈 때마다 일들이 터질까?"

"그러게."

이번에는 민혁이 그녀의 입에 입을 맞췄다. 바로 오늘 아침 실시간 검색어에 이지스 제약회사가 떠올랐고, 그 뒤를 이어 최고 건설이 떠올랐다.

기자들은 발 빠르게 기사를 나르기 시작했고, 이범현 검사는 공식 기자회견에서 녹취록을 공개하였다.

　사람들은 그 자리에 김미혜와 강민혁이 있었다는 사실에 한 번 놀랐고, 이지스 제약회사의 관계자가 뱉은 말에 두 번 놀랐다.

　그리고 브로큰 길드가 개입해 있다는 것에 세 번 놀랄 수밖에 없었다. 빠른 시일 내에 일이 모두 해결되고 오민아를 치료할 수 있는 방안도 나올 것이다.

　"웃차!"

　미혜가 민혁에게로 작게 점프했다. 민혁은 그녀의 양 허벅지를 받쳤고 그녀는 그의 목에 양 팔을 둘러서 몸을 지탱시켰다.

　민혁은 자연스럽게 침대로 그녀를 이끌었다. 침대 위로 넘어진 그녀에게로 부드럽게 입을 맞췄다.

　하염없이 사랑스러운 눈빛으로 그녀를 바라보면서 그녀를 탐닉했다. 그녀의 신음이 방안을 채웠고 서로가 침대 위에 누웠을 때에는 떨어지지 않으려는 것처럼 꼭 껴안고 붙었다.

　민혁은 자신의 팔을 베고 잠이 든 미혜를 가만히 바라보았다.

　시간이 이 상태로 멈추었으면 참 좋겠다라는 생각도 들었다. 그렇다면 이렇게 하염없이라도 계속 그녀를 볼 수 있을 테니까.

그는 조심스럽게 그녀의 이마에 입을 맞췄다.

미간을 찌푸리면서 뒤척이는 그녀를 보면서 부드럽게 웃
는 민혁이다.

❖ ❖ ❖

이현인이 소파에 드러누운 채 TV를 보고 있었다. 한 쪽
에서는 청소기를 돌리는 소리가 들리고, 또 다른 한 쪽에
서는 식기를 달그락 거리며 설거지를 하는 소리가 들렸다.

코 한 쪽을 후비적 판 현인이 흡족한 미소를 지었다.

"그래, 내가 밥을 했으면 누구는 설거지를 하고 누구는
청소를 해야지."

설거지를 하는 사람은 다름 아닌 절대신인 알렉스였고,
청소기를 돌리는 사람은 파괴신이었다.

다른 이들이 본다면 기겁을 할 장면이었다. 더군다나, 이
현인은 절대신이 지정한 사자가 아니던가.

"나참, 어이가 없어서. 내가 힘만 있었으면 네놈 갓 어빌
리티를 뺏는 건데."

"아, 이거. 가져가. 가져가 필요 없다니까 그러네."

이현인이 낄낄 거리며 알렉스의 말에 웃어재꼈다. 파괴
신은 의외로 군말 없이 움직여줬다.

"그보다 이것들은 왜 이렇게 파도가 많아."

현인은 문득 두 사람을 떠올렸다. 미혜와 민혁이 자신을 이곳에 내팽개치고 여행을 떠난지 2주가 지났는데, 두 사람의 이야기가 간간히 들려오는 것 같았다.

"그것보다 이것들은 언제 와."

하품을 크게 한 이현인은 엉덩이를 긁었다. 사실 여기에서 생활하는 게 그에게는 휴식을 취하는 것처럼 편하기는 했다.

그때에 파괴신이 휙 고개를 돌렸다.

[왔군.]

그의 말에 현인의 시선이 휙 돌아갔다. 그곳에 김미혜와 강민혁이 함께 서있었다.

파괴신은 성큼 민혁의 앞으로 다가갔다.

[찾았나?]

그 질문에 민혁은 고개를 끄덕였다. 또 다시 한 자루의 무형검을 얻었다. 이제 다섯 자루가 되었다.

두 자루만 더 찾으면 된다.

[어떻게?]

그 질문에 민혁은 부드럽게 웃으면서 미혜의 입에 입을 맞추었다.

"자면서 이 예쁜 아이를 바라보고 있으니까 생기던데?"

"우웩. 나 토해도 되냐?"

민혁의 발언에 이현인이 토를 하는 시늉을 했다.

　　민혁과 미혜가 서로를 마주보며 웃었다. 이제 두 자루만
이 남았다.

5. 공포

NEO MODERN FANTASY STORY

RAID

신의 탄생

5. 공포

레이드

NEO MODERN FANTASY STORY

두 번째 문이 열렸다. 문을 지나치고 나온 사내는 2m는 되는 큰 키에 몸에 꼭 맞게 달라붙은 검은 색 갑옷을 두르고 있었다.

사내의 얼굴 빛은 검지 않았다. 누런 빛이었다. 하지만 갑옷이나, 몸의 피부 색깔은 검은 색이었다.

그는 어깨에 자신의 한 팔을 올려서 무언가를 지탱하고 있었다. 그것은 검은 색 석궁이었다. 뱀이 휘감은 듯한 석궁에는 희안하게도 화살이 없었다.

[새로운 마신인가.]

자칸은 생긋 웃음으로써 답했다. 절대적인 마신이라고 칭송 받았던 골든의 얼굴이 찌푸려졌다.

[건방지구나.]

[그건 내가 할 말 같은데.]

자칸의 얼굴이 서늘하게 굳어졌다. 절대적인 마신이었다고 할지라도 지금 자신의 뒤로는 코스모스가 있었다.

골든은 자칸을 바라보다 그의 등 뒤에선 그 누군가를 발견하고는 고개를 끄덕였다.

[그렇군.]

그는 딱히 자칸에게 예의를 차리지는 않았지만 방금 전 그 무례함에 대해서 질타하지도 않았다. 그의 등 뒤에 있던 자가 어떠한 이인지는 골든도 알고 있었다.

허나, 자칸에게 굳이 고개를 숙일 필요는 없었다. 어차피 자신은 그가 원하는 일을 해결하면 다시 지옥으로 돌아가야 할 테니까.

[날 불러 들인 이유가 무엇인가.]

골든은 알았다. 자칸이 무력적으로는 한없이 약한 마신이었지만 머리만큼은 비상하다는 것을.

자신을 소환할 수 있는 마신은 이제까지 없었다. 그런데 자칸은 해냈다.

거기에 더 재밌는 사실은 자칸이 신이 되기 전에 행한 일이라는 것이다.

[세상은 혼돈에 빠질 것이다.]

[혼돈. 이 세상은 원래 혼돈 그 자체지.]

[무에서 유를 새로 창조할 거다.]

골든의 얼굴이 흥미를 머금었다.

[무에서 유?]

[그래, 모든 것을 처음으로 되돌리고 새롭게 그분께서 창조하실 것이다. 그 앞에 장애물이 존재한다.]

[그 분을 막는 장애물이 있을 수 있던가.]

골든은 다소 의아한 목소리로 질문했다. 자칸은 고개를 끄덕였다.

[절대신의 자리에 오르려는 자가 있다. 그 자가 코스모스님의 힘을 파괴할 유일한 힘을 가지고 있지. 그 힘이 완성되는 순간. 계획이 틀어질 수도 있다.]

골든은 자신의 턱을 어루만졌다.

그분의 힘을 파괴할 수 있는 자. 그리고 자칸은 분명히 오르려는 자라고 언급했다.

그렇다면 아직 신은 아니라는 것을 의미한다. 신도 아닌 자가 그분의 힘에 대항이 가능하다?

그의 얼굴로 픽 실소가 스쳐 지나갔다.

[재밌군.]

[해내라. 어쩌면….]

자칸은 눈을 가늘게 뜨면서 그를 아래에서 위로 천천히 올려다보았다.

[일이 순조롭게 진행되면 지옥에서 꺼내주실 지도 모르지.]

자칸은 그가 더욱 자신에게 충성하기를 원했다. 역사상 가장 절대적이었다고 칭송받았던 마신이 자신의 발밑에 군림한다면 더할 나위 없는 쾌감을 느낄 수 있을 것 같아서였다.

하지만 골든은 흥미가 없다는 듯이 고개를 저었다.

[굳이 그럴 필요가 있나. 어차피 무가 되야만 하는 세상이라면 혼자 남아 유가 될 필요는 굳이 없지.]

[그렇다면 어째서 이렇게 쉽게 소환에 응했나.]

그 질문에는 골든이 잠시 생각했다. 딱히 이유는 없었다. 그는 지옥에서도 누구보다 군림하고 있었으니까.

[따분하니까.]

골든의 쉬운 대답에 자칸은 황당하다는 표정이었다.

자칸은 골든을 보며 속으로 웃었다.

['여간 재밌는 자야.']

골든에게 느껴지는 무력의 수위는 절대적인 마신이었다라고 하기에는 무리가 있어 보였다. 분명히 그는 강하기는 하였다.

그렇지만 무력적으로 이제까지 그보다 강했던 마신도 분명히 있었다. 그럼에도 그 누구도 그를 절대적이라는 것에 부정할 수 없는 이유는 간단했다.

바로 지금 그가 어깨에 걸치고 있는 석궁 때문이었다. 저 석궁이 가진 힘은 무서운 것이다. 그 어떤 생명체에게도 가장 크고 끔찍한 고통을 선사해줄 수 있다.

골든은 저 석궁 하나로 수많은 업적을 일구었고, 가장 잔인하고 흉폭한 마신이었다라는 별칭도 얻어내었다.

골든이 몸을 돌려 터벅터벅 자칸이 있는 곳과 반대방향으로 걸어갔다. 그것이 문을 열라는 신호임을 알 수 있었다.

자칸이 휘익 손을 젓자 공간의 문이 열렸다.

[일단은 실험 좀 해봐야겠어. 너무 이놈을 안 썼더니 말이야. 바쁜 것 없지 않나?]

[편할 대로.]

고개를 살짝 돌려 웃은 골든은 미련없이 문 안으로 들어갔다. 그가 사라지고 자칸은 자신의 턱에 손을 괴었다.

[가장 큰 두려움과 공포….]

절대적인 마신이 사실 패한다고 해도 크게 상관은 없었다. 세 번째 문이 있었기 때문이다. 하지만 그가 계승자에게 보여줄 것이 참으로 기대가 되었다.

또 다른 문 하나가 열렸다. 자칸의 무릎이 굽어졌다. 그가 연 문이 아니었다. 코스모스가 연 문이었다.

그 문에서 투명한 구슬 안에 은하수를 담은 듯한 주먹보다 작은 크기의 것이 두둥실 모습을 드러냈다.

자칸이 천천히 고개를 들어 올려 구슬을 바라봤다. 그 안에서 느껴지는 힘에 자칸은 자신도 모르게 마른 침을 꿀꺽 삼켰다.

이질적이면서도 따뜻하다. 따뜻하면서도 강하다. 강하면서도 부드럽다. 부드러우면서도 약하기도 하다.

이 구슬을 보는 순간 자칸은 자신도 모르게 경직되었다. 그것은 천천히 그의 앞으로 움직였다.

자칸이 양 손을 받쳤다. 그 위로 구슬이 부드럽게 내려앉았다.

[이제 시작이군요.]

자칸의 얼굴로 짙은 웃음이 스쳐 지나갔다.

❖ ❖ ❖

호화로운 고급 레스토랑이었다. 그곳에 민혁의 아버지와 어머니, 그리고 미혜의 아버지와 어머니 동생들이 있었다.

서로 품위를 갖추기 위해 많은 노력을 하고 있었다. 아버지는 잘 좋아하시지도 않고 드시지도 않던 스테이크를 서툴게 썰고 계셨다.

어머니도 비슷했다. 와인잔을 TV에서 보듯이 부드럽게 잡아 입을 축이지만 어색하기 그지 없었다.

그 모습을 보면서 민혁은 부드럽게 웃고만 있었다. 미혜의 부모님도 다를 바는 없었다. 최대한 격식 있어 보이게. 최대한 예의 있게 행동하려고 하는 모습이 눈에 보였다.

그러던 중, 결국 아버지가 한 말씀 하셨다.

"역시 삼겹살에 소주가 좋다니까."

아버지의 무심코 던진 말에 어머니가 툭 팔뚝을 치셨다.

"여보."

"아…."

아버지는 자신의 실수를 깨닫고 민망한 표정으로 웃었다.

"하, 하하. 스테이크도 맛있긴 하지요. 비싸서 그렇지."

아버지는 가게로 들어오시면서 1인분의 코스요리에 20만원 씩 하는 가격을 보고는 기겁을 하셨다. 어머니도 마찬가지였다.

이미 두 분의 통장 잔고는 일반인들이 상상도 할 수 없을 만큼 커졌다. 두 분은 하루에 외제차 한 대 씩을 뽑으면서 살아도 될 정도로 풍요로워 진 것이다.

그렇지만 그것이 익숙하시지는 않아 보였다. 가정부보다는 자신들이 직접 장을 봐서 음식 해 먹는 것을 좋아하셨고, 아버지도 이젠 굳이 처리조 일을 나가시지 않아도 됨에 나가시고 계셨다. 그리고 그건 어머니도 다를 바는 없었다.

"그렇죠, 아니 세상에 무슨 밥 한 끼가 20만원 씩이나 해요?"

미혜의 아버지가 크게 동감하며 속삭이듯이 말했다. 사실 이곳에 들어오면서 민혁을 제외하고 모두가 기겁을 했었다.

미혜의 부모님의 경우도 그녀 덕택에 천문학적인 돈을 가지고 있었지만 그저 여유가 생겼다고 생각할 뿐, 돈을 헛되이 쓰시는 스타일은 아니었다.

"그리고 이건 너무 달아요."

미혜의 아버지가 와인잔을 흔들면서 미간을 찌푸렸다.

"그럼 우리 여기서 먹고 소주나 한 잔 하러 포장마차나 가는 건 어떤가요."

민혁의 아버지의 제안에 미혜 아버지의 얼굴이 화색을 띄었다.

"아, 그거 좋죠. 꼼장어든, 오돌뼈든 이 느글느글한 것보다는 낫겠는데요!"

"아하하하! 이거 저희 잘 맞는군요!"

두 사람이 궁짝이 잘 맞았다. 그 모습을 보면서 민혁과 미혜는 서로를 보면서 웃었다.

식사를 끝내고 계산을 하고 나갔다. 미혜의 어머니와 민혁의 어머니는 어느새 팔짱까지 끼신 채 수다를 떨고 계셨는데, 그 주된 내용은 남편들 뒷담화였다.

"아이구, 그렇게 양말 좀 세탁기에 넣으라니까 말을 드~럽게 안 들어요."

"저희 미혜 아빠는 어떻구요. 설거지 한 번 해주는 꼴을 못 봤어요."

"크흠!"

"허음!"

문제는 그 뒷담화가 생생한 사운드로 들린다는 게 문제였다.

"나는 아버님하고 같이 있을게."

"그래, 이따 전화해."

미혜는 어머니들 쪽에 붙었고 민혁은 아버지들 쪽에 붙었다. 포장마차 안에 들어선 두 분은 오돌뼈에 오뎅 한 그릇을 시키시고는 이야기에 빠지셨다.

요즘 민혁은 부모님과 자주 시간을 보내려고 노력하고 있었다. 이유는 두 가지였다. 사실 미혜를 통해서 무형검을 얻은 이유도 한 몫 하였다.

혹시라도 부모님들을 통해서도 무형검을 얻을 수 있지 않을까 싶어서였다. 그리고 두 번째 이유는 절대신의 자리에 오르게 된다면 그들과 만나기 힘들어질지도 모른다는 생각 때문이었다.

비록 자신의 친어머니와 아버지는 아니라고 할지라도 모시는동안 최선을 다하고 싶은 심정이었다.

포장마차 안의 사람들은 계속해서 민혁에게 큰 관심을 보였다. 싸인은 해줬고, 사진은 대차게 거절했다.

–다음 뉴스입니다. 한 50대 남성이 자신의 아내와 딸을 죽이고 스스로 목숨을 끊었습니다.

조그마한 TV가 선반 위에 올려져서 뉴스를 보도하고 있었다. 민혁과 이야기에 열중하던 두 사람의 시선이 뉴스에 고정되었다.

"말세일세, 말세야."

민혁의 아버지가 술잔을 확 꺾으며 혀를 쯔 찼다.

–어제 새벽 서울 심도림동의 한 다리 근처. 순찰차가 출동하더니 경찰관들이 내려서 인근의 주택가로 빠르게 진입합니다. 얼마 후 고함소리가 크게 주택가를 울린 후 잠잠해집니다. 경찰관 한 명이 다급하게 주택을 빠져나와 어딘가로 전화를 겁니다. 119구조대였습니다. 올해 쉰 세 살 박모 씨는 자신의 아내와 딸 아이를 흉기로 수 차례 찔러 살해하고 경찰관들이 진입하자 스스로 자해를 했다고 전해집니다. 박모 씨는 빠르게 병원으로 후송되었지만 결국 과다출혈로 사망하고 말았습니다. 현재 경찰은 빚이나 혹은 아내의 외도, 다양한 문제들을 선상에 두고 있기는 하지만 지인들의 진술에 따르면 박 씨가 평소와 다른 모습을 보이지도, 또한 힘들어한 적도 없었다고 합니다. 박 씨는 평소 딸바보라고 직장 동료들에게 놀림을 받을 정도로 지극한 딸 사랑을 가진…

"아내가 외도를 했겠지."

"빚을 졌나?"

두 분은 추측하셨지만 어차피 며칠 후면 밝혀질 거라 생각했다. 민혁은 뉴스에서 전하는 마지막 말에 미간을 찌푸렸다.

유언장도, 혹은 다른 어떠한 특별한 사유도 현재까지 밝혀지지 않은 것으로 드러난다.

"왜 괜히…."

민혁은 자신이 생각보다 뉴스에 집중하고 있자 아차 했다. 생활고에 시달려서 자신의 가족들을 죽이고 동반 자살하는 사람들의 추세가 늘어나고 있었다.

그런데 오늘 이상하게 저 뉴스를 보자 알 수 없는 이질감이 몰려오고 있었다.

'내가 요새 예민한가?'

그는 입 안으로 소주를 털어 넣으면서 고개를 갸웃했다.

❖　❖　❖

포장마차에서 찐했던 술자리가 끝났다. 두 분은 서로 어깨동무를 하신 채 동네가 떠나가라 형님 아우를 하고 계셨다.

민혁은 휴대폰을 이용해서 대리운전기사를 불렀다. 기다리는 동안 두 분이 없는 곳에서 숨어서 담배 한 가치를 입에 물었다.

"내가 딸 하나는 기가 막히게 키웠지!"

"우리 민혁이는 어떻고!"

두 분의 취중진담을 들으면서 민혁은 픽 웃었다. 담배 연기가 허공에 흩어졌다. 자신은 오늘 알렉스가 있는 경기도로 가서 잠을 잘 생각이었다.

담배를 빨던 민혁의 미간이 찌푸려졌다. 그는 쏜살같이 움직였다. 그는 두 분의 앞을 가로막으면서 좌 우를 살폈다.

"왜, 왜 그러냐. 아들?"

민혁의 아버지는 술이 확 깨는 기분이었다. 갑자기 그가 경계 어린 표정으로 주위를 흝고 있었기 때문이다.

주위를 흝어봤던 민혁은 이내 경계를 풀면서 민망한 표정을 지었다.

"아니에요. 제가 너무 예민했나 봐요."

"그, 그래?"

"아이구, 놀래라."

"괜찮으세요?"

"먹었던 술이 달아날 뻔 했네. 글쎄."

미혜의 아버지가 가슴을 쓸어내리셨다. 민혁은 미안한 기색을 지우지 못했다. 그러면서도 방금 전 느꼈던 기척이 있던 곳으로 시선을 틀었다.

분명히 무언가 느꼈던 것 같은데, 순식간에 사라졌다.

자신이 놓칠만한 기척이 있던가? 아니면 정말 예민해서인가.

잠깐 생각했던 민혁은 어깨에 들어간 힘을 풀었다. 후자가 맞는 것 같았다. 요즘 여러모로 생각이 많은 것은 사실이니까.

"대리운전 부르셨어요? 어!? 강민혁 씨네!"

"아, 예."

대리운전 기사들이 봉고차를 타고 나타났다. 두 분을 차에 태워 보내고 민혁도 대리운전 기사와 함께 자신의 차에 올랐다.

"히야, 차 좋네요."

부가티 차량의 운전대를 잡은 대리운전기사는 웃으면서도 우는 듯한 표정이었다. 사고라도 한 번 잘못내면 골로 가는 수가 있기 때문이었다.

부르르릉!

부가티가 아주 천천히 조심스럽게 출발했다.

꿈뻑꿈뻑!

방금 전 민혁이 쳐다보았던 곳. 바로 그 어둠 속의 벽 한 켠에서 두 개의 눈이 꿈뻑이고 있었다.

그 눈은 이내 반달을 그리면서 웃었다.

아침 해가 뜨는 시각이었다. 이무진은 일용직 노동자였다. 어린시절부터 배운 것이라고는 딱히 없었다.

할 수 있는 거라고는 몸 쓰는 일 뿐. 이마저도 과거에는 하지 않고는 하루를 허송세월로 보냈었다. 그렇지만 지금은 아니었다.

새벽 5시 반에 몸을 일으킨 그는 간단하게 토스트 기에서 나온 식빵에 잼을 발라 먹은 뒤 작업복을 입고 나가기 전에 자신의 침실 위에 함께 잠이 든 아내와 아이를 바라봤다.

아이는 이제 겨우 세 살, 그리고 아내는 스물 후반이었다. 아내가 자신을 사람 만들어주었다 라는 말이 딱 맞을 것이다.

그녀가 아니었다면 자신은 지금도 세월아 네월아 허송세월을 보내고 있었을 것이다. 지금도 허리가 쑤셨지만 그는 두 사람을 바라보다가 작게 웃고는 밖으로 나섰다.

일용직 노동자들을 태우는 곳 앞으로 향하던 이무진은 우뚝 멈췄다.

"응?"

스산한 느낌이 들었다. 귀신을 만나면 등골이 오싹해진다고 했던가. 딱 그런 느낌을 이무진은 받고 있었다. 그는 닭살이 오를 대로 오른 팔을 비볐다.

"몸이 허한가?"

힘든 일을 하면서 끼니는 제대로 떼우지 않으니 드는 생각이었다. 곧 이무진은 다시 걷기 시작했다.

다시 걷는 이무진의 등 뒤로 검은 색 화살이 날아갔다. 그 화살은 이무진의 등에 박히지 않았다. 오히려 몸 속 안으로 부드럽게 흡수되었다.

"뭐지."

그는 이물적인 느낌이 갑자기 몸에서 생겨나자 의아한 표정을 지었다.

─생명체가 가장 두려워하는 게 무엇일까. 공포를 느낄 때가 언제일까.

이무진은 갑자기 머릿속으로 알 수 없는 음침한 목소리가 퍼지자 깜짝 놀랄 수 밖에 없었다. 그는 자신의 머리를 부여잡고 비명을 질렀다.

"으, 으아아아!"

학교가 멀어서 일찍 등교를 하던 학생, 신문을 배달하던 오토바이 차량, 피곤에 찌든 채 일이 있어 일찍 출근하는 회사원이 그가 머리를 감싸쥐고 비명을 지르자 깜짝 놀라며 그에게 다가갔다.

"괘, 괜찮으세요?"

여고생이 머리를 부여잡은 이무진에게 걱정어린 목소리로 물었다.

곧 이무진의 상체가 홱 올라갔다. 그는 터벅터벅 걷기 시작했다. 그가 향하는 곳은 방금 전 나왔던 집이었다.

낡은 주택으로 들어간 그는 2층으로 올라갔다. 문을 열고 들어간 그는 하품을 하면서 침실에서 나오는 아내를 볼수 있었다.

"뭐 놓고 간 거 있어?"

이무진은 아무런 말이 없었다. 그는 천천히 자신이 세상에서 가장 사랑한다고 자부할 수 있는 아내에게 손을 뻗었다.

그 손은 굳은 힘이 들어간 채 그녀의 목을 움켜잡았다.

"커억… 다, 당신… 왜…."

이무진의 손에 힘이 강하게 들어갔다. 그녀가 저항을 하기 위해 몸을 반사적으로 버둥거렸다.

쿵!

우르르르!

챙그랑!

그녀를 힘껏 벽으로 몰아 붙였다. 못에 걸려 있던 결혼사진이 걸린 액정이 바닥으로 떨어지면서 요란하게 깨졌다.

"우아아앙!"

세 살 짜리 아이가 침실에서 울음을 터뜨렸다.

"꺼억… 꺽…."

서서히 그녀의 숨이 넘어가고 있었다. 아내는 이해할 수가

없었다. 항상 자신에게 고맙다고 말했던 그가 자신의 목을
조르고 있었다.

이내 그녀의 다리 힘이 완전히 풀리고 눈이 스르르 감겼
다. 저항하던 몸이 추욱 늘어졌다. 이무진의 손이 스르르
풀렸다.

그는 울음 소리가 들리는 침실로 걸어 들어갔다. 침실에
는 이제 세 살 밖에 되지 않는 자신의 딸 아이가 쩌렁하게
울어대고 있었다.

이무진의 손이 자신의 아이의 목을 향해서 뻗어지고 있
었다.

─세상에서 가장 두려운 것은 자신의 손으로 가장 소중한
것을 헤칠 때이다.

머릿속으로 또 다시 음산한 목소리가 퍼졌다.

❖ ❖ ❖

몽롱한 정신 속에서 깨어난 이무진은 비틀거리면서 몸을
일으켰다.

"내가 왜…."

그는 머리를 흔들었다. 출근을 하지 않고 왜 여기 있는
걸까? 불현 듯 머리를 스치는 기억. 분명히 그 기억은 자신
의 머리에 남아 있었다.

아내와 자신의 딸 아이의 목을 자신의 손으로 졸라서 죽였다. 그의 눈이 부릅 떠졌다.

천천히, 아주 천천히 그의 시선이 돌아갔다. 그곳에는 싸늘한 시신이 되어버린 자신의 아내가 벽에 기대어져 있었다.

"으아아… 으아아아아…"

이무진의 온 몸이 부들부들 떨렸다. 그는 아내를 향해서 손을 뻗었다. 다리에 힘이 풀린 그는 주저 앉았다.

그는 잘 움직이지 않는 몸을 힘겹게 움직여 그녀에게 다가갔다. 그녀의 머리를 가슴에 품고는 꺼억거리면서 울었다.

아이가 생각난 그는 비틀거리며 벽에 손을 짚고는 몸을 일으켰다. 침실로 들어갔다. 침실 위에 서늘하게 죽어 있는 이제 세 살 밖에 되지 않는 자신의 아이가 있었다.

그는 털썩 주저 앉아 자신의 머리를 쥐어 뜯었다. 도대체 자신이 왜, 어째서!

그는 분노스러웠다. 그리고 슬펐으며 죽고 싶었다. 견딜 수 조차 없었다.

자신의 소중한 사람을 잃는 것은 힘들다. 그것을 자신의 손으로 했다. 영문도 모른 채.

"왜, 왜 나한테 이런 일이…"

그는 공포에 떨면서 자신의 손을 내려다봤다.

하루 아침에 일가족 중 누군가가 자신의 가족 모두를 살해한 사건이 300여건을 넘어서고 있었다. 그 뿐만이 아니었다. 연인, 아버지, 어머니, 누군가를 죽이는 이들이 계속해서 생겨나고 있었다.

　　민혁의 부가티가 빠르게 활인길드 본부로 향하고 있었다. 그의 바로 뒤에는 이현인이 파괴신과 알렉스를 태우고 달리고 있었다.

　　이 정도로 일이 벌어진다면 분명히 무언가가 있는 것이었다. 사실 마신과 관련된 일인지에 대해서는 아직 정확하지는 않았다.

　　아직 하루 아침에 일어나는 피해자의 숫자가 그렇게 믿지 못할 정도의 숫자는 아니었기 때문이었다.

　　하지만 하루, 이틀이 지나면서 이 숫자가 크게 늘어나게 된다면 마신의 개입이라고 생각할 수도 있을 것이다.

　　현재로써는 마신보다는 사람들의 정신을 괴이하게 파괴하는 괴수가 등장한 것 아니냐는 의견이 속속들이 제시되고 있는 실정이었다.

　　거기에 덧붙인다면 그 괴수가 숨어 있는 곳이 대한민국이라는 이야기였다. 아직까지 다른 나라에서는 이와 비슷한 현상이 일어나질 않고 있었기 때문이었다.

부가티 차량이 활인길드 본부에 들어섰다. 주차장에 갈 것도 없이 민혁은 발렛파킹을 하는 사내에게 키를 던져주고는 엘리베이터에 올랐다.

뒤따라서 이현인과 알렉스, 파괴신이 함께 탑승했다.

"걸리는 것이 있다."

알렉스의 미간이 찌푸려졌다.

"절대적인 마신에 대해서는 그가 어떠한 힘을 사용했는지에 관련하여서 밝혀진 게 하나도 없다는 것이다. 허나, 그는 그 힘만으로 많은 것을 해냈다."

"하지만 지금의 이 힘은…."

민혁은 사실 두 번째 문에서 나온 절대적인 마신은 아니지 않을까 싶었다. 절대적인 마신이었더라면 단숨에 수 천명을 죽일 수 있지 않았을까.

그에 비한다면 지금 일어나는 일은 얕은 피해였다.

"하지만 계속 숫자가 늘어나고 있는 실정이지. 그는 많은 차원을 정복했다. 천계조차도 그의 발밑에 무릎 꿇렸을 정도지. 그때 당시의 절대신의 제지가 아니었다면 모두 그의 발밑에 고개를 조아렸을 지도 모른다. 그처럼 위험한 존재가 절대적인 마신이다. 물론 확실한 건 아니다. 다만, 그는 가장 극적인 공포를 선사한다고 한다."

"가장 극적인 공포라…."

민혁은 그 말을 곱씹었다. 이현인이 헛웃었다.

"극적이 공포 맞잖아, 씨발. 만약 그 사람들이 자신의 의지대로 죽인 게 아니라면? 내 자식을 내가 죽이고 싶어서 죽인 게 아니라면? 그만큼 큰 공포가 어디 있어."

"…그도 그렇지."

알렉스가 고개를 끄덕였다. 민혁의 표정이 심각해졌다. 일단 필요한 건 오재원과 이야기를 해봐야 한다는 것이다.

현재 계속해서 수사가 이루어지고 있는 중이었고 그에 관련하여서 과학수사 역시도 이뤄지고 있었다. 그 말은 즉, 괴수에 관련한 것인지에 대해서도 어느정도 해답이 나왔을지도 모른다는 것이다.

띵동!

엘리베이터가 도착했다. 민혁과 일행이 함께 내렸다. 오재원은 때마침 바깥에 나와 있었다.

"퇴근해. 결혼기념일이니까. 우리가 일한 게 1, 2년도 아니고 내가 모르겠어."

"하지만…."

"너 하나 퇴근한다고. 일이 풀리는 건 아니지."

재원은 자신의 여비서와 이야기를 하고 있었다. 지금 시국이 좋지 않았기에 그녀는 망설였다.

"아까 보니까. 남편이 밖에서 기다리는 것 같던데?"

"감사합니다…."

여비서는 미안한 표정으로 고개를 숙였다. 이렇게까지

말하니 안 갈 수도 없는 노릇이다. 그녀와 일한지 벌써 15년이 되어갔다. 지금 시국과 그것은 별개의 문제였다. 그녀가 엘리베이터를 타고 내려갔다.

"유지인 씨는 챙겨야지."

민혁도 유 비서가 얼마나 유능하고 착실한 사람인지는 알았다.

"그 소리는 됐고. 지금 일어나는 일에 대해서 어떻게 생각해?"

오재원이 소파에 앉으면서 콧대 부근을 피곤한 듯 꾹꾹 눌렀다.

"우리도 모르니까. 널 찾아왔지."

"그치? 그런데 나도 답을 줄 수 없어. 그게 무슨 뜻인 줄 알아?"

재원의 말에 민혁의 얼굴이 굳어졌다. 대충 예상이 되었기 때문이다.

"과학수사팀에서 날아온 공문에는 이렇게 적혀 있어. '괴수의 소행으로 볼 수 없음.' 경찰에서도 비슷하게 날아왔고, 괴수 전문 수사대에서도 비슷한 입장이야. 지금 수많은 사람들은 괴수로 인해 벌어진 일이다라고 생각하지. 물론 나 역시도 30분 전까지만 해도 그렇게 생각했어. 하지만 이건 괴수에 의한 문제가 아니다."

오재원이 확실히 단정지었다. 지금의 과학수사대나 혹

은 괴수 전문 수사대의 수준은 무시할 수 없는 수준이었다.

그들이 하나 같이 '괴수의 소행으로 볼 수 없음'으로 단정짓고 있었다.

그렇다는 것은 가장 크게 볼 수 있는 건 역시 마신이었다.

"추측되는 것은 바로 마…."

민혁의 그 말이 채 끝나기 전이었다. 그의 고개가 홱 돌아갔다. 동시에 파괴신, 이현인이 고개를 돌렸고 알렉스와 오재원은 한 발 늦었다.

투명한 유리벽 사이로 옥상에서 바닥으로 떨어져 내리는 사람이 있었다.

방금 전 엘리베이터에 올랐던 여인. 유지인 비서였다.

❖ ❖ ❖

활인길드 본부에서 오재원의 비서실장으로 근무하고 있는 유지인을 남편으로 둔 이동현은 대기업에서 나름 잘 나가는 부장으로 근무하고 있었다.

요즘 세상이 시끄러웠다. 때문에 활인길드 측에서도 대안을 마련해야 했기 때문에 오늘 유지인과의 저녁 약속은 취소 되는 것인가 싶었다.

그는 자신의 조수석에서 장미가 조화를 이룬 꽃다발을 집어 들었다.

"지금 들어가서 몰래 전해주는 것도 예의가 아니지."

그는 씁쓸한 표정을 지었다. 자신은 나이 올해 마흔 다섯. 그녀의 나이 서른 여덟이었다. 그렇지만 집 근처 이웃 주민들이나 같이 일하는 사람들에게서도 금실이 좋은 것으로 소문이 자자했다.

"흐음…."

이동현은 돌아가야겠다고 생각을 굳혔다. 그러면서도 그녀가 있을 맨 꼭대기층으로 시선을 올렸다.

"바쁘겠지."

그는 씁쓸한 웃음을 지으면서 몸을 돌리려다가 멈칫했다. 그의 미간이 찌푸려지면서 가슴이 철렁했다. 설마 아니겠지라고 머리가 수십 번씩 빠르게 되뇌고 있었다.

믿을 수 없는 눈으로 이동현의 시선이 활인길드의 옥상으로 올라갔다. 옥상의 난간 끝에는 자신의 와이프 유지인이 서 있었다.

"지, 지인아…."

그는 깜짝 놀랄 수 밖에 없었다. 당장 떨어질 것처럼 위태로운 모습이었다. 더 이해할 수 없는 건 어째서 그녀 스스로 옥상의 난간에서 저렇게 서 있냐는 것이었다.

"지인아! 위험해! 어서 내려가! 유지이인!"

그는 목에 핏대를 세우며 소리쳤다. 저 먼 곳까지 들릴지 안 들릴지는 모르지만 최선을 다해서 소리쳤다.

이동현의 얼굴이 딱딱하게 굳어졌다. 유지인이 한 발 내딛는 순간이었다. 그녀가 머리부터 지상으로 빠른 속도로 좁혀지면서 떨어지고 있었다.

"으아아아… 안 돼. 안 돼애애!"

이동현은 비명을 지르면서 그녀의 몸을 자신의 몸으로 받치기 위해서 내달렸다. 40층이 넘는 고층빌딩에서 떨어지는 그녀를 몸으로 받으면 그 역시 죽을지도 몰랐다.

그렇지만 이동현은 생각할 틈도 없이 달렸다. 그녀와 지냈던 삶이 주마등처럼 스쳐서 지나갔다.

그녀가 자신과 가까워지고 있었다. 겁이 덜컥 난 동현이 눈을 질끈 감았다.

챙그라아앙!

무언가 깨지는 소리가 들렸지만 동현의 귀에 들어오지 않았다.

활인길드. 오재원의 집무실의 유리창을 깨면서 민혁이 빛의 속도로 하강했다. 그는 빠르게 유지인을 낚아채고는 그녀와 부딪치기 직전이었던 이동현을 바라봤다.

"후우우."

머리를 한 번 쓸어넘긴 민혁이 유지인을 천천히 바닥에 내려놨다. 머리를 감싸쥐고 있던 이동현이 시선을 들었다.

그는 다리에 힘이 풀린 듯 엉덩이를 부딪치면서 땅에 넘어졌다.

"가, 감사합니다, 감사합니다."

그는 민혁에게 여러 차례 고개를 조아렸다. 민혁은 유지인을 바라봤다. 그녀는 멍한 표정이었다. 마인이 되었다?

아니, 그것은 아닌 것 같았다. 마인이 되었다와는 조금 달랐다. 그녀의 눈동자는 분명히 흰자와 검은 자가 조화를 이루고 있었다.

파괴신과 함께 오재원과 이현인, 알렉스가 허공에서 땅으로 내려섰다.

"왜…."

오재원은 이해할 수 없는 표정이었다. 그녀가 자살을 할 만한 이유는 없었다. 생활고에 시달리기에는 그녀의 월 수입은 일반인들치고는 최상위권에 속하는 편이었고 힘든 일도 없었다.

이현인이 말을 붙였다.

"세상의 모든 아버지가 가장 아끼는 건 대부분 뭘일까요. 자신의 차일까요. 집일까요. 비자금이 들어있는 통장일까요."

그 질문에 오재원은 불현 듯 생각이 딱 났다.

"가족이지."

그의 말에 이현인이 고개를 끄덕였다.

"그들을 자신의 손으로 죽인다. 그리고 정신을 차린다. 그만큼 고통스러운 일이 있겠습니까. 뉴스에서 보도되는 걸 보면 현재 자신의 일가족을 살해한 대부분의 사람들이 자신이 어째서 그런 일을 했는지 모르겠다고 진술하고 있다고 하죠. 더 재밌는 건 자신의 손으로 죽였다는 걸 확실하게 기억했다는 겁니다."

이현인은 턱을 어루만졌다.

"다르게. 자신이 가장 사랑하는 사람이 옥상에서 추락해서 죽는 걸 본다면?"

"…미치겠군."

오재원은 머리를 쓸어올렸다.

민혁의 눈이 가늘어졌다.

"적은 인원으로 시작해서 번식되듯이 그 숫자가 늘어가고 있다. 그리고 방금 전은 분명히 기존의 방식과는 달랐다. 자살."

정확하게 어떤 능력인지는 모르지만 강림한 절대적인 마신의 짓이라면 상당히 골치 아픈 능력이었다.

그리고 그로 인해서 일어날 사회적 파장을 생각하면 머리가 새하애질 정도였다.

-너희가 가장 두려워하는 게 무엇일까.

"……!"

모두의 시선이 휙 돌아갔다. 이동현은 정신을 차리고 자신의 아내 유지인의 몸에 손을 뻗다가 음침하고 묵직한 목소리가 그녀에게서 흘러나오자 뒷걸음질 쳤다.

　ー실패하는 것일까. 아니면 죽는 것일까.

　민혁이 터벅터벅 유지인의 앞으로 걸어갔다.

　그는 매서운 눈으로 그를 노려봤다.

　"마신인가."

　그는 답하지 않았다. 그저 웃었다.

　ーㅋㅎㅎㅎㅎ, ㅎㅎㅎㅎ! 하하하하!

　"여, 여보…."

　유지인의 모습을 하고 미친 듯이 웃어 재끼는 그 모습이 소름이 끼쳤다. 남편인 이동현은 믿을 수 없다는 듯이 고개를 절레절레 저었다.

　ー가장 두려워하는 것. 소중하다고 여겼던 존재를 헤쳤을 때다. 또는 그 존재가 처참한 모습으로 죽을 때이지.

　우리나라에는 이제까지 다양한 참사가 발생했다. 백화점 붕괴나 혹은 폭탄테러사건 같은 것도 대한민국에서도 분명히 일어났었다.

　그때에 뉴스를 보면서 수많은 사람들이 화면에 담긴 절규하는 가족들을 보면서 안타까워했다.

　하지만 지금 더 심각했다. 그들의 죽음을 바로 앞에서 본다, 혹은 그들을 스스로 죽인다.

"죽인다. 널."

민혁의 주먹이 쥐어졌다.

-나는 소환주에 의해 소환되었다. 하지만 관심은 없어.

유지인은 천천히 민혁의 앞으로 걸어왔다. 무력적으로 보았을 때 유지인의 몸은 기존의 몸과 동일했다.

절대 위협적이지 않았다. 그는 민혁의 어깨 위에 손을 올렸다.

-지옥에서 내가 부름에 응답한 이유는 따분했기 때문이다. 그리고 세상은 곧 무에서 유가 될 지도 모른다지.

민혁의 눈이 가늘어졌다. 그녀의 손을 확 잡아챘다.

"원하는 게 뭐냐."

-그냥 따분했을 뿐. 재밌게 놀다 돌아가고 싶을 뿐이지.

ㅋㅎㅎㅎㅎ!

그녀의 웃음에 민혁도 다른 이들의 표정도 딱딱히 굳어지고 있었다. 그가 재밌게 놀다 가는 것 하나로 수많은 이들이 고통스러워 하고 있었다.

-지금 내가 너를 이용한다면 어떻게 될까.

민혁의 입 속 안이 바짝 타 들어갔다. 자신이 그에게 당하는 순간 어떠한 참사가 일어날까.

-주위를 둘러봐라.

자신도 모르게 주위를 둘러봤다. 오재원, 이현인, 알렉스, 파괴신까지. 이 모든 이들이 죽을 것이다.

더 나아가 무수히 많은 이들이 자신의 손에 죽게 될 것이
다. 그렇게 되면 자신은 견딜 수 있을까?

아마도 미쳐버릴지도 몰랐다. 민혁은 마른 침을 꿀꺽 삼켰
다. 절대적인 마신이 가지고 있는 능력은 세뇌와 흡사하다.

허나, 조금은 달랐다. 절대적인 마신은 자신의 능력을 악
랄히 사용했고, 이용할 줄 아는 자였다.

민혁은 질문하고 싶었다. 그럼 어째서 지금 바로 자신을
세뇌 시키지 않는가?

"나 정도 무력을 가지면 네 힘이 무용지물이겠지."

민혁은 등 뒤로 식은 땀이 주르륵 흐르는 것이 느꼈다.
찔러보듯이 던진 말이다.

-과연 그럴까?

그녀는 어깨를 으쓱이면서 그의 어깨에 올라간 손을 떼
내었다.

-그럼 지금 실험해보도록 할까나.

그 말에 민혁이 자신도 모르게 두 걸음 물러났다. 그는
주위를 빠르게 살폈다.

그녀가 천천히 눈을 감았다. 민혁은 주위를 경계했다. 다
른 이들도 마찬가지였다.

이내 눈을 뜬 그녀의 입이 열렸다.

-퍼엉!

움찔!

민혁이 움찔했다.

–ㅋㅎㅎㅎㅎㅎ!

그녀는 재밌다는 듯이 웃어재끼고 있었다.

–인간은 재밌어. 말했지 않은가. 나는 그저 더 즐기다 가고 싶을 뿐이거늘.

민혁은 알 수 있었다. 이 자는 자신이 절대신의 자리에 오르는 것이 관심이 없었다. 그저 자신을 가지고 놀고 싶을 뿐이었다.

–선택하라. 스스로 죽으면 나는 이만 사라지겠다. 그렇지 않다면

그녀는 자신의 입을 손으로 가리면서 장난스레 웃었다.

–모든 세상 사람들이 너를 원망하기 시작할 것이다.

"뭐…?"

자신을 원망한다. 민혁은 잠시 이해하지 못했다.

–보여줄까? 어떻게 원망하는지?

그녀는 겔겔 거리며 웃었다. 민혁의 미간이 찌푸려졌다. 오재원도, 이현인도, 알렉스와 파괴신도 그 뜻을 이해하는 데 오래 걸리지 않았다.

"아, 안 돼에!"

이동현이 그녀에게 다가서 등 뒤에서 그녀를 꽉 끌어 안았다.

─가엽구나. 가여워.

그녀는 동현의 머리를 쓰다듬었다.

─방법은 두 가지 일 것이다.

그녀의 웃음 짓는 얼굴이 천천히 굳어지고 있었다.

─나를 쫓아 죽이던가.

싸늘해진 표정으로 그녀는 민혁을 가리켰다.

─스스로 죽어라.

그녀의 얼굴에 보랏빛 실핏줄이 투둑 돋아났다. 우려했
던 일이 현실로 일어났다. 그가 말했던 세상 모든 이들이
자신을 원망하게 될 거라는 말.

그 뜻을 아는데는 애석하게도 오래 걸리지 않은 것이다.

"물러서!"

오재원이 이동현을 향해 소리쳤지만 그는 더욱더 그녀를
꽉 끌어 안았다.

"차라리 함께…"

이동현도 무슨 일이 벌어질지 짐작한 듯 눈을 감으면서
체념한 표정이었다. 파괴신이 빠르게 움직여 이동현의 등
의 옷을 잡아챘다.

"아, 안 돼!"

파괴신이 가볍게 힘을 주는 순간 그가 뒤로 후우웅 날아
갔다. 날아가면서도 동현은 그녀에게 손을 뻗으며 절규하
고 있었다.

"여보오오오!"

"젠자아앙!"

막을 수 있는 방법이 없었다. 민혁은 힘껏 욕을 뱉을 수밖에 없었다. 그녀의 얼굴이 팽창하기 시작했다.

그리고 곧.

퍼어어엉!

그녀의 얼굴이 크게 폭발했다.

후두두둑!

그녀의 머리의 잔여물이 사방에 흩날렸다. 자신의 아내의 머리가 터진 것을 본 이동현의 눈에서 눈물이 한 방울 주르륵 흘렀다.

"우웨에에엑!"

동현이 바닥에 헛구역질을 하기 시작했다. 그리고 곧 그것은 가슴을 쥐어짜는 슬픔으로 변했다.

"끄아아아악!"

퍽퍽퍽퍽!

정신적으로 견디지 못하자 이동현이 자신의 가슴을 힘껏 두들기면서 절규하기 시작했다. 민혁의 팔이 덜덜 떨렸다.

그의 다리에 힘이 풀렸다. 털썩 바닥에 무릎을 꿇고 주저 앉은 그는 허망한 눈빛으로 바닥으로 쓰러진 유지인의 시신을 바라봤다.

"세상… 모든 사람들이… 나를 원망할 것이다…."

그의 입술이 질끈 깨물어졌다.

어쩌면 절대적인 마신은 간파한 것일지도 몰랐다. 자신이 가장 두려워할 공포가 바로 이런 것이라는 것을.

"끄흐으윽!"

이동현이 자리를 박차고 일어섰다. 그는 달려나갔다. 아무도 그를 막지 않았다. 주저 앉은 민혁의 멱살을 쎄게 틀어잡았다.

"당신이 죽었으면 내 아내는 살 수 있었어! 당신이 죽었으면…!"

이것은 민혁의 잘못이 아니다. 그렇지만 소중한 사람을 잃은 이들은 이성을 잃은 맹수와 같았다.

이성적인 판단보다는 눈 앞에 놓여져 있는 분노와 슬픔, 신체의 움직임에 따라서 행동할 뿐이다.

그의 주먹이 민혁의 얼굴을 때리고 발로 걷어찼다.

"왜 이럽니까!"

이현인이 이동현의 몸을 부여잡으면서 뒤로 끌어냈다.

"네 새끼만 뒈졌으면!"

그는 민혁과 멀어지면서도 허공에 발길질을 했다.

민혁은 자신의 얼굴을 양 손바닥으로 쓸어올렸다.

얼굴을 쓸어올렸던 그는 느껴지는 시선에 자신도 모르게 오재원과 이현인에게 고개를 틀었다. 그리고 볼 수 있었다. 두 사람이 자신을 두려움에 떠는 눈으로 보고 있었다.

한 것이다.

"던전?"

"내가 이 모든 것을 만들었다고 해도 추적되지 않는 던전이 존재하니까. 말 그대로 추적되지는 않는이다. 대부분이 된다는 거지."

민혁은 고개를 끄덕였다.

"놈도 그 사실을 알겠지?"

알렉스는 고개를 끄덕였다. 민혁의 한숨이 짙어졌다.

"이건 게임이군."

완전히 자신을 가지고 놀고 있었다.

말 그대로 이건 정말 게임이다.

절대적인 마신을 자신은 쫓아야 했다. 그리고 놈은 숨었다. 찾아내는 동안 희생하는 이들의 숫자는 늘어날 것이며 자신은 조급해지기 시작할 것이다.

그 모습을 지켜보면서 녀석은 쾌감을 느낄 것이다. 생각만 해도 소름 끼치는 놈이었다.

"방법이 없는 건 아닐 거야."

알렉스는 턱을 어루만졌다. 놈의 세뇌는 조금은 특별하다.

어찌보면 그리 대단할 것은 없는 능력처럼 보일 지도 모른다. 마인을 부리는 능력을 가졌던 잭의 능력이 있었으니까.

문제는 놈의 능력은 분명하게도 사람의 가장 큰 공포와 두려움을 끌어낸다는 것이었다.

"절대적인 마신은 분명히 죽었었다. 지옥으로 떨어졌었지."

그렇지 않았다면 마신의 자리는 바뀌지 않았을 것이다.

"누군가 그를 죽였다는 것이고 분명하게 그를 죽이거나 쫓을 수 있는 방법이 존재한다는 것을 의미한다."

"문제는 그 쫓을 수 있는 방법을 찾기도 전에 무수히 많은 사람들이 희생될 거라는 것이지."

민혁의 말에 알렉스도 동감했다.

"그를 쫓는 법을 알고 있을 법한 자가 존재한다."

알렉스는 미간을 찌푸렸다. 방법이 있다, 하지만 내키지 않았다.

"누구지? 그게?"

"자칸은 천재적인 두뇌를 가진 자이다. 허나, 그런 천재가 이제까지 그 뿐만이었을까?"

민혁과 파괴신이 관심을 가졌다.

"신 중에서도 존재한다. 그는 카오스 님과 코스모스님과 마찬가지로 이 세상의 처음부터를 봐왔고 모든 것을 알고 있다."

태초의 시작을 알고 있는 신.

"그는 단 한 번도 신의 자리를 누군가에게 넘겨준 적이 없다. 그리고 그의 자리를 대신하고 싶어하는 자도 없지."

"그게 누구지?"

알렉스의 입에 민혁은 집중했다.

"지옥신. 콘티누다."

❖　✠　❖

—잇따라서 발생하는 일가족 살인사건을 비롯한 자살과 같은 괴현상에 관련하여 활인길드의 오재원 마스터는 뚜렷한 방안을 발표하지 못하고 있는 실정입니다. 한편, 검찰은 현재 일어나고 있는 괴현상이 괴수로 인한 현상이라고 볼 수 없다라고 단정짓고 있어…

"무슨 난리인지."

세 가족이 도란도란 야식을 즐기고 있었다. 오늘의 메뉴는 치킨이었다.

여느 집과 다를 바 없는 평범한 가정의 모습이었다.

"도대체 뭐가 원인일까요?"

"확실한 건 있지."

아내의 물음에 남자는 무릎 입에 넣고는 마치 탐정이라도 된 것 마냥 심각한 표정으로 두 사람을 한 번씩 번갈아 보았다.

"괴수의 소행은 아니라는 거야."

"에이, 뭐야. 아빠!"

딸 아이가 놀랐던 가슴을 추스르며 화를 냈다.

"아니, 내가 무슨 일인지 어떻게 알아? 응? 안 그래, 딸?"

그가 능구렁이처럼 웃어대었다.

그 순간.

푸욱!

딸 아이도 아내도 보지 못한 화살이 날아가 그의 등에 박혔다. 등에 화살이 스며 들어간 그가 갑자기 벌떡 몸을 일으켰다.

"엄맛!"

"아빠, 왜 그래?"

그가 갑자기 몸을 일으키자 두 사람이 의아한 표정을 지었다.

남성은 갑자기 어딘가로 뛰어 들어갔다. 그는 침실로 가서 갑자기 와이프의 붉은 색 립스틱을 집어 들었다.

"여보, 립스틱은 왜…."

그녀가 말을 끝내기 전이었다. 그는 하얀 색 벽지에 립스틱으로 글씨를 적기 시작했다.

"당신 뭐하는 짓이야!"

그녀가 깜짝 놀라 소리를 쳤다. 아직 대출빚이 남아있는 집이여서 누구보다 집에 애증이 깊던 사람이 갑자기 왜 그러는 것인지 그녀는 알 수 없었다.

그녀가 그의 팔을 붙잡고 뜯어 말렸지만 그는 거침없이 그녀를 밀쳐냈다.

"꺄아악!"

"무슨 일이야."

딸 아이가 다급하게 침실로 뛰어 들어왔다. 바닥에 쓰러진 엄마, 그리고 벽에 글씨를 써내려가는 아빠.

그녀는 자신도 모르게 붉은 색 립스틱에 의해서 새겨지는 글자를 읽었다.

"강민혁이… 죽으면… 이 모든… 재앙은 끝날 것이다…?"

아이는 깜짝 놀라 자신도 모르게 입을 막고는 뒷걸음질 쳤다.

남성이 침실을 홱 뛰쳐 나갔다. 그가 향한 곳은 베란다였다.

"아빠, 도대체 뭐하는 거…."

"여보!"

베란다에서 그는 지체 없이 난간 밑을 향해서 몸을 던졌다.

두 사람이 경악에 찬 표정으로 베란다로 뛰어갔다. 밑을 내려다보자 밑에 주차되어 있던 차량 위에 떨어진 그가 싸늘한 시신이 되어 있었다.

딸 아이의 시선이 천천히 올라갔다. 자신의 맞은 편 아파트에서 또 다른 남성 한 명이 바닥을 향해서 떨어져 내리고 있었다.

❖ ❖ ❖

활인길드 트럭이 출발 준비를 끝냈다. A-3던전의 괴수 잔여물을 회수하러 가는 것이었다.

"처리대장님. 준비 끝났습니다."

강무현은 고개를 끄덕였다. 그는 어느덧 처리조를 이끄는 대장이 되어 있었다. 누군가는 강민혁의 등에 힘입어 얻어낸 결과라고 말하지만 전혀 아니었다.

그는 스스로 모든 능력을 검증 받아서 처리대장의 직책을 얻을 수 있었다. 물론 공격대장이나 수색대장에 비한다면 한없이 낮은 직책이기는 하였지만 강무현은 지금 자신이 하는 처리조원들을 이끄는 일에 매우 만족하고 있었다.

강무현을 통해서 활인길드의 처리조에 수많은 변화가 찾아왔다. 그는 개선점이 있다 싶으면 항시 보고를 올리는 편이었다.

어쩌면 오재원으로써는 그의 보고를 무시할 수 없었을 수도 있었겠지만 강무현이 올리는 보고는 하나 같이 모두 타당한 것들 위주였기에 재원은 난감해하지 않고 환영하고 있었다.

현재 처리조들 사이에서 가장 꿈의 직장이라고 칭송받게
된 곳은 바로 활인길드의 처리조라고 할 수 있었다.

"자, 출발하지."

강무현이 트럭의 조수석에 막 오르려던 차였다. 갑자기
소란이 들렸다.

"처리대장님 어디 계셔!?"

"무슨 일이야."

강무현은 미간을 찌푸렸다. 누군가 해서 보았더니 처리
조에서 일하고 있는 오중탁이라는 이였다.

처리조에서 일한지 8년 정도 되는 나름 잔뼈가 굵은 이
였는데 평소에 자신의 말을 싹싹하게 잘 따라주는 동료이
기도 하였다.

"자네, 왜 그렇게 씩씩…"

강무현은 의아한 표정으로 다급하게 뛰어오는 그를 보면
서 고개를 갸웃했다.

그 순간, 오중탁의 주먹이 무현의 얼굴을 가격했다.

퍼억!

"네 새끼 아들 때문에 우리 마누라가… 마누라가…!"

바닥에 널부러진 강무현은 깜짝 놀란 눈으로 그를 올려
다봤다. 주위에 있던 처리조 인원들이 중탁의 팔을 잡으며
말렸다.

그는 눈물 콧물 범벅이 된 채 고래고래 소리를 치기 시작했다.

"자살했다고 알아!?"

"그, 그게….."

무현은 이해할 수 없는 표정이었다. 그때였다. 오혁수 공격대장과 공격대원들이 빠르게 모습을 드러냈다.

"가셔야 합니다. 민혁이 아버님."

"무, 무슨 말씀이십니까."

강무현은 이해할 수가 없었다. 오혁수는 다급해보였다. 그는 현재의 상황을 알고 있었다.

방금 전 그는 뉴스를 통해서 똑똑히 들었다. 오늘만 약 천 여 명이 넘는 인원의 사람들이 똑같은 글씨를 벽이나 바닥, 글을 쓸 수 있는 곳이라면 어디든 가리지 않고 적은 뒤에 자살했다.

모두 똑같은 내용.

강민혁이 죽으면 이 모든 재앙은 끝날 것이다. 라는 문구였다.

때문에 그와 관련된 피해자들이 활인길드의 문을 두들기기 위해 향하고 있었다. 더욱 큰 문제는 계속해서 그러한 문구를 적고 죽어나가는 이들이 계속해서 생겨나고 있다는 것이었다.

이 정도 속도라면 오늘 하루 삼 천 여명을 넘어가게 될 지도 몰랐다.

때문에 오재원은 급하게 생각을 정했다. 일단은 강민혁의 부모님들의 안전을 최우선시 하고 대피시킨다.

자칫, 피해를 입은 시민들이 활인길드를 밀고 들어올 수도 있었고 크게 분노한 그들이 민혁의 부모를 어떻게 할 지도 모르는 노릇이었다.

그들이 무슨 잘못이겠냐만은 눈 앞이 분노로 싸여진 그들은 이성을 잃은 야수와 같았다.

"저기 있다!"

활인길드 본부의 앞은 아직 막히지 않았다. 곧 이어서 대규모 경찰병력이 움직이기 시작할 것이다.

말 그대로 아직 막히지 않은 것. 강무현을 찾던 수십의 시민들이 그를 발견하고는 갖은 연장을 들고 뛰어오기 시작했다.

"네 아들 때문에 내 마누라가 죽었어!"

"강민혁 때문에 내 딸이 자살했어!"

강무현은 혼란에 빠질 수 밖에 없었다.

"막아라."

"예!"

오혁수의 명령에 길드원들이 고개를 숙이며 빠르게 그들을 막았다. 일반인들이 각성자들을, 그것도 오혁수 공격대장이 이끄는 분대의 인원들의 틈을 헤치고 지나갈 수는 없었다.

넋이 나간 채 이해하지 못하겠다는 표정으로 강무현은 그와 함께 이동했다.

활인길드 본부로 들어서고서야 오혁수는 한 시름 놓으면서 지금 현재 일어나고 있는 일들에 대해서 설명해주었다.

"아, 아니. 그, 그게 말이 되는 이야기입니까? 우리 민혁이가 무슨 잘못이 있다고요?"

"잘못 없는 건 압니다. 하지만 문제는 문구들이 하나같이 아드님을 겨냥하고 있다는 거지요. 당분간은 저희 집에 가셔서 생활하셔야 할 것 같습니다."

당분간이 아니라, 꽤 오랜시간일 것이었다. 지금 당장 이 활인길드 본부도 안전하지 못할 수도 있었다.

활인길드의 길드원들 중 가족을 잃은 자들은 강무현을 찾을 테니까.

"일이 복잡합니다."

오혁수는 한숨을 뱉었다. 강무현은 지금 당장 자신이나 아내의 앞으로보다는 민혁이 더욱 걱정되었다.

'도대체 왜 우리 아들에게 이런 일이…'

그도 어느정도 사정은 알고 있었다. 하지만 지금 일어나는 일들은 민혁의 숨통을 조이고, 그를 대한민국에서 몰아내게 될 지도 몰랐다.

6. 콘티누

NEO MODERN FANTASY STORY

RAID

신의 탄생

6. 콘티누

레이드

NEO MODERN FANTASY STORY

아니, 어쩌면 대한민국 뿐만이 아니라 세계의 어디에도 민혁은 '살인마' 라는 꼬리표를 달게 될 지도 몰랐다.

현재 괴현상은 대한민국에서만 벌어지고 있었지만 이 일이 세계 곳곳으로 퍼지고 전부 강민혁을 겨냥한다면?

어떠한 나라는 강민혁을 내놓으라고 할 지도 모르는 노릇이었다. 복잡한 일이다.

그리고 민혁이 걱정이 된다.

그는 서둘러 민혁에게 전화를 넣었다.

신호음이 가더니 다행이도 그가 받았다.

-아버지, 최대한 안전한 곳에 가 계셔야 할 것 같아요.

때마침 민혁도 그에게 전화를 넣으려던 참이었다.

"나, 난 걱정 말거라. 오혁수 대장님이 옆에 계시다. 그 것보다 괜찮겠냐."

그 질문에 휴대폰 너머의 민혁은 잠시 대답이 없었다. 괜찮을 리가 없었다. 절대적인 마신의 짜증나는 농간질에는 사실 해답이 없는 것만 같았다.

민혁이 죽든가, 사람들이 죽는 걸 보든가.

진퇴양난의 상황임이 사실이었다. 강민혁이 죽는다면 상황은 더 악화 될 것이다. 절대신의 자리에 오르지 못할 것이고, 혼돈의 구슬이 세상을 무로 만들어 버릴 테니까.

하지만 사람들은 그것을 알 리가 없었다. 지금 당장 벌어진 슬픔과 분노스러움에 강민혁에 대한 원망어린 목소리만 낼 것이다.

―최대한 빠른 시일 내에 해결할 방안을 찾아볼까 합니다. 꽤 오래 뵙지 못할 수도 있어요. 그동안에 어머니 잘 부탁합니다.

"걱정 말거라."

그 말을 끝으로 두 사람의 통화가 끊어졌다.

꾸우욱

강무현의 휴대폰을 쥔 손에 힘이 들어갔다. 실제 자신의 아들이 아니라고 할지라도, 그가 겪게 될 고통과 사람들에 대한 원망.

강무현은 눈 앞이 캄캄해지는 것만 같았다.

❖ ❖ ❖

SNS는 난리가 났다.

–이 정도 되면 활인길드에서 강민혁을 내놓든가 해야 되
는 거 아님?

–어제 우리 반 반장도 자살함… 강민혁에 대해서 글 적
어놓고… 지금 한 두명 주위에서 죽는 것도 아니고 계속 죽
어 나가는데, 활인길드는 뭐하는 거냐.

–어린 학생들이 말을 쉽게 뱉네요. 이건 강민혁 개인에
관련한 문제가 아니라, 강민혁을 비롯한 대한민국. 더 나아
가 세계에 악영향을 끼치려는 비공식적인 집단의 행동이
분명해 보입니다. 그들의 경고대로 강민혁이 스스로 목숨
을 끊는다고 해서 이 재앙이 끝나진 않을 걸요?

–아니, 윗분. 그걸 떠나서 일단 활인에서 뭔가 발표라도
해야 되는 거 아니냐고. ㅆㅂ 니 주위에선 사람 아직 안 죽
었나 봐? 말 참 편하네.

–활인 관련해서 너무 일이 많이 생김. 강민혁만 있으면
사람들 죽어 나가는 거 태반이다. 이건 재앙이다. 염인빈이
었던 그가 새로운 아이의 몸을 빼앗아 일어난 재앙. 그의
죽음이 마땅하다고 본다.

－만약 죽었는데, 계속된다면?

－좆되는 거지.

－강민혁은 또 왜 안 보이냐.

－그 새낀 툭하면 사라져요.

－지도 무서우니까, 숨은 거겠지.

－지구종말 다가온다. ㅇㅈ?

－ㅇㅈ

다양한 추측성 글이 도배되며 비판과 옹호가 난무한다. 이중 가장 크게 올라오는 이야기는 비판이 컸다.

활인길드와 강민혁은 이에 관련한 방안과 해결안을 내놓아라였다. 그뿐만이 아니었다. 정부에서도 활인길드에 대책을 내놓는 것을 요하고 있었다.

이대로라면 정말 강민혁이 죽어야 한다 라는 목소리를 정부에서도 할 판이었다.

민혁은 편안하게 침대 위에 누워 있었다. 그의 코에는 호스줄이 연결되었다. 그는 병원복을 입고 있었으며 곧 죽게 될 것이었다.

죽는다. 며칠 동안 정말 그는 죽은 몸이 될 것이었다.

지금 그가 누워 있는 곳은 활인길드 본부에 위치해 있는 오재원의 침실이었다. 그의 앞으로 오재원을 비롯해서 이현인, 오중태, 스미스, 김미혜와 파괴신, 알렉스가 있었다.

다시 한 번 콘티누에 대해서 알렉스는 설명해주었다.

"말했듯이 콘티누는 그 속내를 알 수 없는 자이다. 나초자도 그와 만난 적은 없다. 그가 가장 오랜시간을 살았던 신이라는 사실과 많은 것을 알고 있다는 것만 알고 있을 뿐. 그는 해답을 가지고 있을 거라고 나는 생각한다."

그가 말을 하는 동안 이현인은 붉은 색 액체가 담긴 아주 작은 유리병에 주사기를 찔러넣었다.

주사기로 붉은 액체가 흘러들어왔다.

그것은 구울킹의 피와 다양한 괴수들의 피를 섞어 만든 혼합물이었다. 보통 구울킹의 피는 마비를 시킨다.

그 마비는 꽤 오랜시간 지속되며 마비의 기간이 끝나면 대게 사망하게 된다. 그 사망하는 것을 막기 위해 다양한 혼합물을 섞은 것이다.

"또 절대적인 마신은 지옥에서 소환된 게 분명하다. 지옥의 모든 것을 지옥신인 콘티누는 분명히 관장한다. 그의 죽음의 이유와 과정을 알겠지."

민혁은 고개를 끄덕였다.

"제한시간은 3일이다. 3일 뒤에 멈췄던 심장이 다시 뛰기 시작할 거다. 그 전에는 혼합물에 의해서 몸이 무척 낮은 저온에 냉동인간처럼 될 거야. 그 때문에 모든 세포가 멈출 것이다."

알렉스에게 물었던 지옥신을 만날 수 있는 방법은 딱 하나였다. 바로 죽는 것이었다.

죽기 전에는 그 어떤 존재도 지옥신을 만날 수 없다고 한다.

"그리고 다시 한 번 언급하지만 영혼이 소멸되면 돌아올 수 없다."

민혁은 고개를 끄덕였다. 영혼의 소멸은 완전하게 사라지는 것을 뜻했다.

지옥에서마저도 살아갈 수 없는 것.

지이이잉!

그때에 오재원의 휴대폰이 울렸다.

재원이 의아한 표정으로 전화를 받았다.

-재원씨… 재현 씨가… 죽었어요.

그 말을 들은 재원의 얼굴이 순간 굳어졌다. 재현은 바로 재원의 친동생이었다. 그는 재원과는 다르게 평범한 사람이었고 일반적인 기업에 다니는 남자였다.

"다녀와라."

재원은 얼마 전 있었던 일을 떠올렸다. 유지인이 죽었을 때. 민혁을 벌레보듯이 자신은 바라보았다.

그리고 두려워했다. 그의 잘못이 아닌 걸 분명하게 알면서도 그를 원망하고 미워할 것만 같았다.

아니, 지금도 그럴 것 같았다. 하지만 애써 웃어보이면서 억한 감정을 추슬렀다. 당장 뛰쳐나가고 싶었지만 힘겹게 참고 있었다.

민혁은 오재원의 낌새가 무언가 이상함을 알아챘지만 묻지 않았다.

그는 입안을 꽉 깨물었다.

"투약한다."

이현인이 그에게 천천히 다가왔다. 현인은 꽤나 많은 양의 약을 준비했다. 그러면 약이 잘 들지 않을지도 몰랐기 때문이다.

민혁도 최대한 카르마가 약을 막아내지 못하게 막고 있었다.

푹!

잠깐 따끔했다. 그와 함께 주사기의 붉은 액체가 민혁의 혈관을 타고 흘러 들어오기 시작했다.

처음에는 따뜻한 느낌이 든다고 생각했다. 그리고 그것은 이내 꽤나 격렬한 고통으로 바뀌었다.

"끄흐으응…."

참으려고 해도 자신도 모르게 얕은 신음이 흘러 나왔다. 그는 지긋이 눈을 감고 비명 지르지 않기 위해 이를 악물었다.

그리고 어느 순간.

들썩!

쿠웅!

그의 가슴부위가 크게 허공으로 올랐다가 다시 침대에

등이 붙었다.

몇 번을 들썩이는 것을 반복했다. 그리고 이내.

삐이이이이이-

그의 심장이 멈췄다는 기계음이 들려오기 시작했다. 현인은 작은 한숨을 뱉었다. 그의 심장이 멈춘 것을 확인한 오재원은 지체 없이 몸을 돌리고 그곳을 빠져나갔다.

타타타탓!

사람들은 깜짝 놀랐다. 그리고 오중태도 때마침 휴대폰에 도착한 메시지를 확인하고 있었다.

-큰아버지가 돌아가셨다고 하는구나. 바로 집에 오려무나.

중태는 씁쓸한 표정으로 심장이 멈춘 민혁을 잠시나마 바라보다가 몸을 돌렸다.

❖ ❖ ❖

던전 중 하나에 자리를 잡은 골든의 주위에는 수많은 괴수의 시체들이 널브러져 있었다.

그의 미간이 찌푸려졌다.

[놈이 죽었다?]

그는 분명히 느꼈다. 이 대한민국이라는 곳에서, 정확하게는 이 차원에서 가장 강한 기운을 가진 사내의 기운이 잠잠해졌다.

가장 강한 기운을 가진 사내는 분명히 절대신의 자리에 오를 계승자인 강민혁이었다.

그의 기운이 사라졌다. 죽은 것이 분명해 보였다.

골든의 미간이 찌푸려졌다가 차갑게 가라앉았다.

[이건 너무 심심하잖아.]

그는 정말이지 그 어떤 것에도 관심이 없었다. 그저 무가 되기 전 마지막 재미난 것을 찾고 있었고 그것이 계승자가 되었을 뿐이었다.

그런데, 놈이 생각보다도 너무 쉽게 굴복해 버렸다.

[하긴.]

골든은 고개를 끄덕거렸다. 자신의 이 능력에 의해서 수많은 차원의 절대자들이 굴복하였고 신들이 고개를 조아렸다.

자신의 이 능력은 신들의 목조차도 조일 수 있을 정도였으니까. 신들은 남의 죽음 따위 두려워 하지 않는다.

하지만 손에 들고 있는 이 석궁은 사용자인 자신이 원한다면 상대가 가장 두려워할만한 걸 선사해줄 수 있었다.

그 어떤 신들도 굴복했다. 절대신이 될 계승자라고 해서 다를 건 없었을 지도 몰랐다.

그의 등이 바닥에 밀착되었다. 그는 머리 뒤에 깍지 낀 손을 받치고는 하늘을 올려다보았다.

[그래도 눈빛 하나는 마음에 들었었는데 말이야. 결국 미개한 생명체에 지나지 않았던 건가.]

그는 픽 하는 웃음을 흘렸다.

자신도 참 괜한 것에 기대를 걸었다. 그는 결국 신보다도 못한 인간에 지나지 않던가. 그런 그에게 재밌는 것을 기대한 자신이 바보였다.

그는 흥미를 잃었다는 듯이 눈을 감았다. 스르르 그는 편안하게 잠이 드는 것 같았다.

❖ ❖ ❖

"허억!"

눈을 뜬 순간 민혁은 거친 호흡을 크게 토해냈다. 그리고 그 앞에는 너무나도 태연한 표정으로 하품을 하는 정장을 입고 둥그런 안경을 낀 사내가 앉아 있었다.

사내의 머리의 정중앙에는 더듬이 같은 뾰족한 것이 하나 솟아있었다.

"지금부터 설명해 드리도록 하겠습니다. 당신은 죽었습니다. 그리고 이곳은 지옥입니다. 지옥인 이곳에서 당신은 많은 절차를 거치고 안내받게 될 것입니다. 당신이 죄 지은 것에 따라…."

사내는 마치 이런 일이 매일 같이 반복되는 것처럼 기계처럼 말하기 시작했다.

민혁은 주위를 둘러봤다. 자신이 생각했던 지옥의 모습과는 조금 달라 보였다. 주위를 둘러보면 취조실 같은 느낌이 물씬 풍겼다.

"이봐요. 집중하시라고요. 두 번 말하면 목 아픕니다."

사내는 책상을 펜으로 두들기면서 미간을 찌푸렸다. 그러면서 중얼거렸다.

"하여튼, 죽어서도 딴짓하는 영혼들이 있다니까."

"이곳이 지옥이 확실하나?"

"그럼 천국이겠습니까?"

사내는 미간을 찌푸리면서 말했다. 그리고는 한 표를 집어 올렸다.

"어디보자 강민혁 씨… 응? 염인빈? 이거 뭐야."

사내는 그의 표를 집어 들었다가 안경을 위로 올리면서 눈을 꿈뻑였다. 이런 경우는 처음 보는 것이었기 때문에 그는 의아한 표정으로 민혁을 바라봤다.

"이게 뭡니까?"

"무엇이요?"

민혁도 질문했다.

"어떻게 한 영혼에 두 개의 이름이 있죠."

이 지옥에서는 개명을 한다고 하여도 태어나고 처음 지어진 이름만이 나타난다. 그런데 이 앞의 사내는 두 개의 이름이 공존하고 있었다.

염인빈과 강민혁. 더 재밌는 사실은 공존하는 두 개의 이름의 나이가 다르다는 것.

"다시 환생했습니까?"

그는 눈을 휘둥그레 뜨며 물었다.

민혁은 고개를 끄덕였다.

"그랬지."

"…특이한 케이스군요."

그는 헛기침을 하면서 다시 그의 표를 둘러보더니 또 한 번 놀랐다.

"인간입니까? 아니면 신입니까."

그 질문에 민혁도 선뜻 대답하지 못했다. 아직은 반인반신에 불과했으니까. 잠시 생각하던 그가 답했다.

"반인반신."

"반인반신이라. 정말이지 독특한 케이스군요!"

그는 흥미롭다는 듯이 안경을 고쳐 맞췄다. 그리고는 계속해서 놀라기 시작했다. 그가 가지고 있는 살아있을 때의 이력은 결코 가벼운 것들이 아니었다.

그는 눈을 꿈뻑거렸다.

'내가 해결할 수 없을 것 같은데, 난동이라도 부렸다가는….'

"콘티누. 지옥신을 만나게 해줘."

"예?"

사내는 미간을 찌푸렸다. 위대한 지옥신이신 콘티누의 이름을 사내는 친구 이름 말하듯이 하고 있었다.

"무엄하군요. 한낱 영혼 따위가 그 분의 이름을 언급하다니요."

그는 진중한 표정으로 말하면서 한 쪽 손으로 책상 밑의 버튼을 눌렀다. 이 버튼을 누르면 지옥을 지키는 거신병들이 오게 된다.

거신병들은 강한 영혼들로 구성된 집단이며 이중에는 살아생전 신이었던 이들도 상당수였다.

지옥은 수 백 여개로 나뉘어져 있다. 인간들이 있는 지옥, 신들이 있는 지옥, 섞여 있는 지옥 등 그 종류는 다양하다.

"시간이 없다. 콘티누를 만나게 해줬으면 한다."

민혁은 정중한 어조로 말했다. 이곳에서 문제를 일으켜서 좋을 것은 분명히 없었으니까.

하지만 사내는 매섭게 민혁을 노려보고 있었다.

"난처하군."

그는 콧잔등을 긁었다.

민혁을 노려보던 사내는 표정을 풀면서 물었다.

"지옥신님을 찾는 건… 당신 일부러 이곳에 왔군요."

그는 슬쩍 다시 표를 확인했다. 표에는 '심장마비'라는 사망 사인이 적혀져 있었다.

"반신반인인 당신이 지옥신님을 만나뵈려 한다."

때마침 문이 열리면서 건장한 이들이 들어왔다. 그들에게서 풍겨지는 기세가 하나같이 어마어마했다.

워낙 자신들의 죽음을 인정하지 못하고 깽판을 쳐대는 넋 나간 영혼들이 많았기 때문에 거신병들은 최고의 전사들 최고의 신들로 구성되어 있었다.

"저는 당신이 위험하다고 판단했습니다."

그는 자리에서 몸을 일으켰다. 그가 뒤의 거신병들에게 턱짓을 했다.

민혁은 미간을 찌푸렸다. 일이 쉽게 풀리지 않을 거라는 건 예상하고 있었다.

한 사내가 그의 어깨죽지를 잡았다.

"이상한데, 분명히 신의 기운이 느껴지는데, 인간이기도 해. 이건 도대체 뭐야."

"이건 이라는 말은 '사물'을 가르킬 때 쓰는 말 아닙니까."

민혁의 미간이 찌푸려졌다. 그러자 사내의 얼굴이 '어쭈? 요것봐라.' 하는 표정이었다. 사내는 파괴신이나 혹은 투신들 같은 명성을 떨치지는 못했지만 전쟁의 신이라고 불렸던 자이다.

그만큼 강하고 흉폭한 자이기도 하였다. 그의 손에 죽은 신들의 숫자도 상당한 편이었고, 아주 먼 예전에는 무력만으로 절대신의 자리에 도전하려 한 적도 있었다.

"무슨 배짱인지 모르지만 나가자."

민혁은 자신이 나가는 순간, 순순히 행동해주지는 않을
것 같다고 확신했다.

자신을 속박하거나, 혹은 이곳의 방문 목적을 묻고 어떻
게든 할 것이다. 이롭지는 않을 터.

민혁이 몸을 일으켰다. 사내는 자연스럽게 걸쳤던 팔을
빼내면서 말했다.

"그래도 순순히 말은 듣는구만."

"죄송하지만 다시 한 번 언급하죠."

민혁의 눈이 서늘하게 내려앉았다. 그는 고개를 틀어서
안경을 낀 사내를 바라봤다.

"지옥신 콘티누를 만나게 해주십시오."

"이 자를 끌어내야 할 것 같습니다!"

안경 낀 사내가 소리쳤다. 손을 빼내던 사내가 다시 민혁
의 멱살을 움켜쥐려는 순간이었다. 그 손을 타악 잡아챘다.

"그렇다면 저도 힘으로 해결하지요."

우지지직!

"끄허억!?"

전쟁의 신이라 불렸던 사내의 팔이 맥없이 꺾였다. 그가
비명을 토하며 바닥에 주저 앉았다.

타앗!

민혁이 몸 한 번 움직일 때마다 거신병들이 바닥에 쓰러지고 있었다.

안경 낀 사내는 너무 깜짝 놀라 자신도 모르게 벽에 밀착했다. 그가 주먹을 한 번 쓰면 거신병 셋이 쓰러졌고, 그가 발을 한 번 쓰면 다섯이 쓰러지고 있었다.

다행이 그는 거신병들의 영혼이 소멸될 때까지 힘을 쓰지는 않았다.

"히익히익히익!"

너무 놀라 안경 쓴 사내의 폐에 구멍이라도 뚫린 것 같은 소리가 크게 퍼지면서 그의 가슴이 오르락 내리락 거렸다.

"안내해."

안경 낀 사내는 믿기지 않았다. 거신병들은 강한 자들이다. 그것도 이 우주의 과거와 현재를 모두 합쳐서 선별된 이들.

그런 이들을 반인반신 따위가 가볍게 무력으로 제압했다.

민혁이 그에게 다가서 목을 팔로 휘감으면서 문 밖으로 밀쳤다.

"안내하라고 말했다. 소멸되고 싶지 않으면."

사내는 본능적으로 자신도 모르게 문을 열어젖히면서 밖으로 나갔다. 민혁은 그를 뒤따랐다.

그리고 볼 수 있었다. 개미굴과 흡사한 형태의 지옥의

모습을.

자신이 나왔던 방을 돌아보았다. 그 옆으로 주르르르륵 똑같이 생긴 방들이 수만개는 나열되어 있는 것 같았다.

그만큼 자신의 생각보다도 훨씬 웅장했다.

"어, 어떻게 안내.하라는 겁니까."

사내의 목소리가 덜덜 떨렸다. 그는 맨 꼭대기를 바라보고 있었다. 그 끝이 보이지 않을 정도로 높았다.

"저 끝에 있나?"

사내는 본능적으로 고개를 끄덕였다.

"그럼 오르면 되지."

"불가능입니다. 저곳은 오를 수 없어요. 저곳을 무력으로 오르려고 하는 순간에는 지옥이 무너집니다."

"…거짓말을 잘하는군."

"정말입니다. 당신이 지옥신님을 만나려 한다면 최소한의 예의는 갖춰셔야지 않을까요. 아마도 지금쯤 지켜보고 계실 겁니다. 허락하시면 당신을 올려 보내줄 겁니다. 맘대로 올라갔다 지옥이 무너지면 당신이 원하는 바는 쟁취하지 못할 겁니다."

사내는 겁에 질렸지만 자신이 할 말은 꼼꼼하게 하였다. 꽤나 영리한 자였다. 민혁은 자신의 턱을 어루만졌다.

자신은 지금 부탁하기 위해 온 처지에 불과했다. 더욱더 소란을 부리는 것은 분명히 좋지 않았다.

"언제쯤 올려 보내주는…."

민혁은 사내를 돌아보며 질문 하려다가 자신의 바로 옆에서 열리는 검은 색 포탈을 발견할 수 있었다.

"…승낙하시다니."

사내는 강민혁이라는 사내의 존재에 대해서 궁금해졌다. 그가 무모하게 허공을 뚫고 올라가려는 것을 막기 위해 뱉은 말이었지만 모두 사실이었다.

그렇지만 지옥신이 그가 자신과 만나는 것을 승인할 거라는 것은 확신 없이 던진 말에 불과했다.

헌데, 지옥신은 그것을 허락한 듯 싶었다.

"아까 그자들한테 미안하다고 전해줘. 너무 약해 빠져서 힘조절이 조금 안되었던 것도 있긴 한데… 아무튼 미안하다."

민혁이 손을 살짝 들어 올리며 포탈 안으로 들어갔다. 그가 들어가자 사내는 입을 어버버 거렸다.

거신병들에게 너무 약해 빠져서라니? 그는 대체 사내의 정체가 무엇인지 궁금해질 지경이었다.

검은 색 포탈을 타고 넘어온 민혁은 주위를 둘러봤다.

'지옥신이 머물기에는 안성맞춤이군.'

민혁은 고개를 끄덕였다. 습기가 가득한 동굴이었다. 물방울이 한 방울 한 방울 떨어지는 소리가 동굴 전체에 퍼지고 있었다.

민혁은 이끌림 같은 것을 받았다. 그것을 좇아서 계속 걸었다.

그리고 곧 발견할 수 있었다. 검은 색 시트로 이루어진 침대 위에 나체의 여인 셋이 황홀함에 가득 찬 표정으로 누워 있었다.

그리고 그 앞으로 방금 막 몸을 일으킨 듯 보이는 사내가 검은 색 가운을 걸쳤다.

그의 손에는 유리잔이 들려 있었다. 유리잔으로 그가 들이부은 진득한 액체가 가득찼다.

그는 그것을 단숨에 들이켰다.

벌컥벌컥

목젖이 춤을 추듯 요동쳤다. 모두 들이킨 후, 그는 입가를 쓰윽 닦아내고는 유리잔을 내려났다.

획 하고 완전하게 콘티누가 얼굴을 민혁에게 돌렸다. 그는 상당한 미남자였다. 얼핏 보기에는 20대 중반으로 보일 정도다.

상당한 미남자였음에도 그에게서는 어둡고 칙칙한 분위기가 물씬 풍겨 나오는 것만 같았다.

[죽은 것도 산 것도 아니다.]

그는 그렇게 말하면서 손가락을 퉁겼다. 마약에 취한 듯 나체의 몸으로 엎어져 있던 여인들이 스르르 재가 되어서 사라졌다.

[인간도, 그렇다고 신도 아니다.]

콘티누의 눈이 민혁과 정면으로 마주쳤다.

[약하지도 강하지도 않다.]

그는 그렇게 말하면서 픽하고 웃음을 흘렸다. 콘티누는 정확하게 민혁의 모든 것을 꿰뚫어 보는 듯 싶었다.

웃음을 흘린 콘티누는 침대에 걸쳐 앉았다.

[용무는?]

"제가 누구인지는 짐작하십니까?"

[절대신의 개.]

어조가 마음에 들지 않았다. 민혁의 미간이 찌푸려졌다.

"계승자입니다."

[그거나 그거나.]

그는 태연하게 말하면서 침대에 편하게 드러누워서 고개만 돌려 민혁을 바라봤다.

민혁은 그에게서 얼마 전 느낀 비슷한 느낌을 받았다. 그것은 바로 유지인을 통해서 본 절대적인 마신의 느낌이었다.

마치 모든 것을 따분해하고 재밌는 것을 찾는 듯한 모습.

"절대적인 마신의 힘을 무력화 할 수 있는 방법 알고 계십니까?"

그 질문에 콘티누는 하품을 크게 하더니 손가락을 퉁겼다.

그의 얼굴 앞으로 포도 한 송이가 생겨났다. 그가 입을 쩌억 벌리자 한 알이 쏘옥 입안에 들어갔다.

그는 우물우물 거리며 내용물만 삼키고 입을 벌렸다.

씨앗이 저절로 허공에 떠올라 사라졌다.

[알지.]

그는 태연하게 웃으며 다시 포도를 먹었다.

"그렇다면 그의 위치를 찾아낼 수 있는 방법 또한 아십니까?"

그는 또 다시 포도 한 알을 먹고 씨앗을 뱉었다.

[그것도 알지.]

"죽일 수 있는 방법도 아십니까?"

[놈보다 더 먼저 세상에 태어난 것이 나이다. 그리고 절대적인 마신은 분명히 이 지옥에서도 강한 권력을 행사했지만 이곳에서만큼은 내게는 평범한 신에 지나지 않았지.]

그는 짙은 웃음을 흘렸다.

[나는 모든 것을 알고 있다.]

그가 손을 휘익 젓자 포도 송이가 스르르 사라졌다. 몸을 다시 일으켜 침대에 걸터 앉은 그는 소년 같은 천진난만한 미소를 지으며 물었다.

[그래서 너는 내가 그것을 알려주면 무엇을 해줄건데?]

"…감사드리죠."

그 말에 콘티누의 얼굴은 황당함에 물들었다.

[그게 끝인가?]

민혁은 딱히 답하지 않았다. 자신이 무엇을 해줄 수 있단 말인가.

[시시하구나. 네게 느꼈던 것에 비하면 시시하기 짝이 없는 대가야. 그렇다면 내 대답은 간단하다네.]

그는 싱긋 웃었다.

[알아서 찾아보길.]

그는 그렇게 말하며 두 눈을 감았다. 민혁의 머리가 빠르게 돌아갔다. 어떠한 것을 그가 원할까. 아니 어떠한 것도 그를 충족시키기는 사실 힘들 것이다.

[참, 재밌는 거를 말해주고 싶은 게 있지.]

그는 감았던 눈을 다시 뜨며 민혁을 보았다. 그의 눈이 완전한 반달을 그리고 있었다.

[절대적인 마신의 술법에 걸려 사망한 이들은 영혼화 되지 않았다. 아직까지는.]

"……."

그 말을 들은 민혁의 눈살이 찌푸려졌다. 영혼화 되지 않았다. 그 말은 즉, 그들이 지옥에 올라오지 않았다는 것이 된다.

"그 말은 무슨 뜻입니까?"

민혁이 성큼성큼 그의 앞으로 다가가기 시작했다.

"다시 살릴 수라도 있단 말입니까?"

그가 다가가기 시작하자 콘티누의 미간이 찌푸려졌다.

그가 손가락을 퉁기자 허공에서 모습을 드러낸 건 세 개의 머리를 가진 켈베로스였다.

놈의 크기는 일반 도베르만과 흡사해보였다. 켈베로스는 민혁이 호화의 반지를 얻을 당시에 사냥한 적이 있었다.

허나, 놈은 민혁의 세상의 그 켈베로스와 그 격이 다른 듯 보였다.

[그럴 수도? 아닐 수도?]

[크르르르르!]

켈베로스. 세 개의 머리를 가진 그들이 민혁을 향해서 날카로운 이빨을 드러내면서 경계했다. 몸을 일으킨 콘티누는 그들의 목을 감싼 목줄 세 개를 잡아당겼다.

[워워.]

그는 장난스럽게 웃어 보였다.

[나는 말이야. 지금 아주 따분해.]

그는 그렇게 말하면서 생긋 웃었다.

[뭔가 재밌을만한 일이 없을까.]

그는 터벅터벅 걸었다. 방금 전 민혁이 걸어 들어왔던 곳으로 켈베로스들을 이끌고 걷고 있었다. 흡사 그 모습이 반려견을 산책시키는 견주의 모습 같았다.

"제가 해드릴 수 있는 것이라면 뭐든 해드리겠습니다."

그 말에 콘티누의 고개가 확 돌아갔다.

[아주 좋은 말이군. 해줄 수 있는 건 뭐든 해주겠다. 그렇
다면 네가 가장 사랑하는 여인의 영혼을 내게 받치겠는
가?]

그 말에 민혁의 얼굴이 일그러졌다.

그것은 자신이 해줄 수 없었다.

[뭐든 해준다며? 그렇다면 다른 걸로 가지. 너의 부모의
영혼을 내게 받쳐라.]

그마저도 해줄 수 없었다.

"장난은 그만두셨으면 좋겠군요."

민혁은 그의 얼굴에 진지함이라고는 눈꼽만큼도 없다는
것을 알아차렸다. 그 말에 콘티누는 킬킬거리며 웃었다.

[눈치가 빠르군. 네가 사랑하는 여인이나, 부모의 영혼
따위 내가 가져서 무엇에 쓰겠느냐. 크흐흐!]

그는 다시 앞을 향해서 걸었다. 켈베로스의 머리들이 코
를 쿵쿵 거리면서 그의 옆을 지켰다.

[그렇다면….]

그는 말끝을 흐리면서 다시 민혁을 획 돌아보았다.

[지옥들을 견뎌보던가.]

그의 표정은 아까까지와는 조금 달랐다. 진지함을 머금
고 있었다. 민혁이 그제서야 흥미가 생긴 표정이었다.

"지옥을 견디다니요."

[지옥에는 총 열 개의 이승에서의 삶을 참회하는 곳이

존재한다. 제 1지옥은 도산지옥 칼선 다리 타기, 제2지옥 화탕지옥. 끓는 물에 담궈지기. 제 3지옥 한빙지옥. 얼음 속에 넣기….]

계속해서 지옥신 콘티누의 말이 이어졌다. 듣기만 해도 소름이 끼쳐지는 것들이었다.

[거해지옥. 톱으로 뼈 켜기… 마지막 흑암지옥이 있다. 암흑 속에 가두기. 이 열 개의 지옥을 견딘다면 내 한 번 생각해보도록 하마.]

콘티누는 능글맞게 웃었다. 민혁은 쉽사리 답하지 못했다.

[그거 아는가?]

콘티누의 표정이 서늘하게 굳어졌다.

[지옥의 관문들은 신조차도 견디지 못하고 비명을 지르기 일쑤이다. 참혹한 고통 앞에서는 그 어떤 위대했던 자도 체통이란 존재할 수 없는 법이지.]

콘티누의 한 쪽 입술이 올라갔다.

[나는 절대신의 개인 너에게 절대적인 마신을 쫓을 수 있는 방법과 희생된 영혼들을 되돌리게 해줄 수 있다. 그렇다면 너도 그만큼 주는 것이 있어야지.]

콘티누는 터벅터벅 민혁의 앞으로 다가왔다. 콘티누가 흘끗 옆에서 걷던 켈베로스들을 내려다보자 놈들이 조용하게 땅에 주저 앉아 혀를 내밀면서 헥헥 거렸다.

[나에게 재밌는 놀이를 주거라. 그렇다면 내가 너를 돕지.]

이놈이고 저놈이고. 재미? 고작 재미를 위해서 참 흉악하고 해선 안 될 짓을 마다하지 않았다.

[수억 년이 넘는 시간동안 이곳에 있어 봐. 그만큼 끔찍한 지옥도 없는 법이지.]

마치 민혁의 생각을 읽기라도 한 듯이 콘티누의 표정은 조금 씁쓸했다.

민혁은 잠시 답하지 않았다. 웬지 그의 농간에 말려드는 기분이었으니까.

[이런 또 다른 영혼 하나가 넘어왔다네.]

콘티누는 생긋 웃었다. 그가 팔을 젓자 생생하게 한 사내가 모습을 드러냈다.

그를 본 민혁의 얼굴이 처참하게 일그러졌다.

"아, 아버님…."

바로 미혜의 아버지였다. 그가 보여주는 모습은 미혜의 아버지가 옥상에서 바닥으로 떨어져 내리는 모습이었다.

그리고 이내 토마토처럼 바닥과 부딪치자 터졌다. 민혁은 차마 볼 수 없어 고개를 틀었다.

[이 모든 것을 되돌릴 수 있다.]

농간이든 뭐든 방법은 없었다.

민혁이 콘티누를 바라봤다.

"당신도 참 좆같은 신이군."

[푸흐흐흐! 지옥신인 내가 그럼 선량한 신이겠는가!]

그는 재밌다는 듯이 겔겔 거리면서 웃었다. 한숨을 뱉은 민혁은 고개를 끄덕였다.

"하겠다. 하지만 내게 시간이 없다."

[그 정도는 나 역시 알고 있다.]

콘티누는 잠시 생각했다.

[너는 비명도 질러선 안 된다. 도망쳐서도 안 되며 쓰러져도 안 된다. 네가 이 지옥에 머무는 기간동안 너에게 가장 끔찍한 지옥이 찾아갈 것이다. 불필요한 지옥은 생략하도록 하지.]

콘티누가 이죽이며 웃었다.

[그리고 난 포도나 먹으면서 그 모습을 지켜볼까한다.]

놈의 미소는 소름끼치기 그지 없었다.

❖ ❖ ❖

민혁은 콘티누의 지시대로 빈 방에 앉아 있었다. 얼마 지나지 않아서였다. 누군가 문을 두들겼다.

문을 열어주었다. 민혁은 그의 얼굴이 아니라 가슴 부위를 봐야했다. 가슴에 탄탄한 근육이 봉긋하게 솟아 있었다.

상체에 아무것도 걸치지 않고 있었다. 다리 쪽은 보자 하체는 개의 것이었다.

민혁이 조심스레 밖으로 나섰다.

키가 2m 30cm정도 되는 거구의 사내가 서 있었다. 붉은 기운이 감도는 삼지창을 들고 있는 그는 민혁을 위아래로 흝어봤다.

[그대인가. 한빙지옥에 갈 자가.]

민혁은 고개를 끄덕여 답했다.

한빙지옥을 담당하는 자. 그는 송제대왕이었다. 그는 지옥신 콘티누의 의도를 알 수 없었으나 신인 그의 지시에 따를 뿐이었다.

송제대왕이 팔을 휘젓는 순간이었다. 공간이 열렸다.

민혁이 그 안으로 발을 떼려는 순간이었다.

[모든 옷과 속옷을 벗고 나체로 들어가라.]

송제대왕의 말에 민혁은 멈칫했다. 곧 그는 다시 방으로 들어갔다. 입고 있던 모든 것을 벗었다.

그리고 곱게 개어서 책상 위에 올려놨다. 나체의 몸으로 나온 민혁의 몸은 군살 없이 탄탄하기 그지 없었다.

송제대왕이 턱짓으로 공간을 가리켰다. 민혁이 한 걸음 한 걸음 떼었다. 등 뒤로 송제대왕의 목소리가 들렸다.

[한빙지옥에 들어가는 순간 네 온 몸은 얼어붙을 것이다. 참을 수 없는 고통이 찾아올 것이며 견디지 못하면 영혼은 소멸될 것이다. 다시 한 번 생각하라.]

이것은 지옥인들이 받는 일반적인 관문과 조금 달랐다.

지옥인들은 관문 안에서 소멸되지 않는다.

그 끔찍한 고통을 정해진 기간동안 받아야했기 때문이다. 하지만 민혁이 들어가는 이 관문은 견디지 못하면 영혼이 소멸될 것이다.

민혁은 그 말을 무시하고 공간을 비집고 들어갔다.

그 순간이었다.

풍더어엉!

'읍!'

민혁은 자신도 모르게 비명을 토할 뻔 했다. 공간에 발을 딛는 순간 헛딛은 것처럼 균형을 잃었다.

그리고 그는 차가운 물 속 안으로 빨려 들어갔다. 일반적으로 차가운 물이라고 표현하기에는 어렵다.

마치 잘잘이 부서진 얼음의 조각들의 사이에 빠진 기분이었다.

"후우우웁."

민혁이 숨을 한 번 쉴 때마다 담배 연기보다 더 짙은 입김이 뿜어져 나갔다. 그는 자신도 모르게 몸을 감싸며 머리까지 젖은 모습으로 주위를 둘러봤다.

주위에는 빙산이 가득했다. 그리고 곧 민혁의 눈이 가늘어졌다.

녹아있는 물의 부분부터 매우 빠른 속도로 얼어붙고 있었다.

쩌저저적

마치 물이 얼어붙는 과정을 고속카메라로 촬영한 것 같은 모습이었다. 민혁은 자신의 몸 주위까지 얼어붙는 것을 느꼈다.

덜덜덜덜

민혁의 온 몸이 파들파들 떨렸다. 단순히 춥다라는 표현은 불가능했다.

이 안에서는 카르마의 사용도 일체 불가했다. 오롯이 정신력과 기존에 다져져있던 육체로 버텨야만 했다.

손가락을 움직이려고 해봤다. 꽁꽁 언 것처럼 놈은 얼지 않았다.

민혁의 머리카락, 입술, 숨이 뿜어지는 콧구멍, 귓구멍 부위가 새하얗게 얼어붙었다.

"ㅇㅇㅇㅇㅇ"

냉장고의 온도를 낮춘 것처럼 갈수록 더 추워지고 있었다. 수 천 개의 창으로 온 몸을 찌르고, 날이 잘 선 칼로 자신의 온 몸 구석구석을 베어 넘기는 듯한 고통이었다.

그는 입술을 질끈 깨물었다. 입술 마저 얼어붙은 것인지 딱딱했다.

당장 심장이 멈춰도 이상하지 않을 것 같았다. 이 한빙지옥에 일반인이 들어왔다면 물에 빠지는 순간 죽었을 것이다.

허나, 콘티누는 송제대왕을 통해서 조금 변형시켰다. 모든 것은 민혁의 정신력에 따라서 죽거나 살거나를 결정시킬 것이다.

덥썩

"...!"

민혁은 누군가 자신의 발목을 부여잡는 느낌을 받았다. 그는 얼음에서 어깨와 머리만 겨우 빠져나와 있었다.

그 부여잡은 무언가는 민혁을 얼음 밑으로 더욱더 끄집어내렸다.

'으으으으...'

차디차게 얼어붙인 물. 즉 얼음은 날카롭고 딱딱했다. 그것을 억지로 깨부수며 그것은 민혁을 끌어 당기고 있는 것이다.

자칫 비명이 터져 나올 뻔 하였다.

우지지직!

얼음들이 깨지면서 민혁의 머리 끝까지 얼음에 잠기게 만들었다. 그리고 다시 민혁의 머리의 빈공간이 얼음으로 차오르기 시작하였다.

다행이도 숨은 잘 쉬어졌다.

민혁은 최대한 몸을 웅크렸다. 마치 어미의 뱃속에 있는 아기처럼

그는 천천히 숫자를 세기 시작했다.

"하나, 둘, 셋 넷…."

이 숫자가 언제까지 갈지는 모르지만 이 숫자를 세라서라도 버티고 말 것이었다.

❖ ✦ ❖

시간이 지나고 송제대왕이 공간을 타고 넘어왔다. 그는 주위를 둘러보았다. 저 단단한 얼음 밑에 그가 보였다.

송제대왕이 손을 뻗는 순간이었다. 순식간에 얼음들이 물이 되었다.

웅크려진 민혁의 몸이 두둥실 떠올랐다. 송제대왕은 미간을 찌푸렸다.

영혼이 소멸되지는 않았다. 그렇기 때문에 그의 육신이 남아 있는 것이었다. 그는 꽁꽁 언 고깃 덩어리처럼 미동도 없었다.

숨소리도 느껴지지 않는 것 같았다.

그 순간.

"쿨러억!"

거친 기침 소리가 퍼져 나왔다. 기침을 하게 되면 저절로 몸이 일정부분 움직이게 된다. 하지만 그의 몸은 딱딱히 얼어붙어 입에서만 터져나갈 뿐이었다.

우두우욱!

민혁은 천천히 몸을 피려 했다. 극심한 고통이 찾아왔다.

[흠.]

송제대왕이 그의 몸에 손을 올려 쓰다듬었다. 그러자 얼음이 불 위에서 녹듯이 민혁의 몸이 빠르게 녹아내리기 시작했다.

멈췄던 심장이 다시 뛰는 기분이었다. 그의 혈색이 그나마 좋아졌다. 송제대왕이 다시 문을 열었다.

민혁과 함께 그곳으로 빠져나갔다.

몸이 정상체온을 찾고 있기는 하였지만 여전히 오돌오돌 몸이 떨렸다. 민혁은 방 안으로 뛰어 들어가고 싶었지만 그의 앞에는 뱀의 얼굴을 가진 사내가 서 있었다.

[난 변성대왕이다.]

민혁의 눈 앞이 깜깜해지는 것 같았다. 이제 겨우 빙산지옥 하나를 넘었을 뿐이었다.

❖ ❖ ❖

'욱!'

민혁의 눈 앞으로 수 천 개가 넘는 칼 날만 있는 것들이 허공에 두둥실 떠올라 있었다. 오관대왕이 관리하는 지옥인 검수지옥이었다.

검수지옥은 칼로 몸 베는 고통이 계속 지나간다. 계속해서 민혁의 몸을 스치고 칼날들이 지나쳐갔다.

이제까지 느꼈던 그 어떤 고통보다도 끔찍한 것이었다.

오관대왕의 말을 들어보면 이 관문을 지나면 남은 관문은 화탕지옥 뿐이라고 하였다.

거의 끝나가고 있었지만 이 지옥들은 정말이지 그를 치를 떨게 만들었다.

찌이이익!

칼자루가 민혁의 몸을 스치고 지나갔다. 희한하게도 베였다고 해서 피가 나지는 않았다. 그렇지만 분명하게 몸을 베고 지나간 통증은 존재하였다.

〈7권에서 계속〉

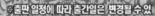

이계황제
헌터정복기

에르하임 제국의 황제 칼스타인은 친정이 끝난 후
복귀해 오랜 만에 잠에 빠지는데.
잠에 빠진 채 기이한 느낌에 눈을 뜬 칼스타인은
자신이 영혼의 상태인 것을 느낌과 동시에
다른 이의 상단전에 자리 잡았음을 느끼고
혼이 이미 빠져 나간 육신을 장악하는데.

그렇게 장악한 몸의 주인 이수혁으로 지구에서
깨어나게 된 칼스타인은 다시 잠에 들면
자신이 살던 차원으로 돌아오는 것을 알게 되고.

지구의 이수혁의 몸으로 수련을 하던 중
막혀 있던 자신의 경지를 깰 수 있는 방법이
지구에서의 수련임을 깨닫게 됨과 동시에
이수혁으로서의 삶도 조금씩 중요하게 여기게 되는데

다시금 인연을 맺게 된 어머님의 건강을 찾고

자신의 부에 대한 갈망을 충족하기 위한
이계의 절대자 칼스타인의 헌터정복기가 시작된다

아르케 현대 판타지 장편소설

북
두